삶. 그 위에서 만나

장원

🖋 한 사람이 여러 가지를 다 잘한다는 게 결코 쉬운 일이 아닌데도 목사님을 뵐 때마다 참 귀한 달란트를 많이 가졌다고 생각합니다. 늘 책을 가까이하는 깊은 묵상을 통해 글도 쓰고, 주님이 주신 마음으로 곡도 쓰고, 일상에서 만나는 거리의 풍경과 교회를 보며 그림도 그리고, 그것을 사진과 영상을 통해 이 땅에 하나님 나라를 세워가는, 참 귀한 사역자입니다. 그러고 보니 주님은 누구에게는 한 달란트, 누구에겐 두 달란트, 누구에게는 다섯 달란트를 주셨다고 하셨는데 그는 아마도 다섯 달란트를 받은 종인가 봅니다. 그가 주님께 받은 달란트를 땅에 묻어 두지 않고 일상 속에 주셨던 아버지의 마음을 하나님 나라의 정원을 가꾸듯이 때로는 묵상 글로, 때로는 작은 그림으로 주님과 동행 일기를 쓰듯 써 내려간 귀한 작업들이 이제 책으로 출판되어 너무 감사합니다. 부디 이 책을 통해 일상 가운데 하나님 나라를 꿈꾸며 함께 하나님 나라를 일구어 가는 정원사들이 많이 세워지기를 바랍니다. 다시 한번 이 땅에 하나님 나라의 정원을 키워 갈 하나님 나라의 멋진 정원

사 이용백 목사님을 기도하며 응원합니다.

이재범 남부교회 담임목사

✎ 제가 저자인 이용백 목사님을 처음 만났던 곳은 총신대 신대원 양지였습니다. 저는 '히스토리아'라는 동아리의 지도교수로서, 매주 화요일 저녁마다 열정적으로 토론하는 신학생 그를 보았습니다. 개근생이었던 그가 복잡한 교회의 역사를 아름다운 시적 언어로 통찰해 내던 모습은 지금도 제 가슴에 깊이 새겨져 있습니다. 이번에 이용백 목사님이 출판하는 책을 미리 읽어가면서 그 모습이 떠올랐습니다.

대중에게는 그저 평범한 일상의 삶도 이용백 목사님의 눈에는 흥미로운 관심의 대상이요 묵상의 내용이 됩니다. 그 안에서 하나님의 은혜와 삶의 의미를 찾아냅니다. 예쁜 그림으로 등장하는 커피숍, 교회 건물, 음식점, 선교지의 풍경, 종교개혁 교회들, 시골의 건물들을 보면서, 저는 들에 핀 이름 모를 꽃과 하늘을 나는 작은 새를 바라보며 주옥같은 말씀을 쏟아내셨던 예수님을 생각해 보았습니다. 이 책을 단숨에 읽고 나니 지극히 작은 자에게 한 것이 곧 나에게 한 것이라고 말씀하시는 예수님의 말씀이 생생하게 들리는 것 같습니다. 이 책을 읽는 독자들은 거창한 것을 추구하기에 바빴던 우리의 공허한 시선이 정화되는 것을 느낄 수 있을 것입니다. 참 독특한 매력이 있는 이 책을 적극 추천합니다.

안인섭 총신대학교 신학대학원 교수

✎ 서로 사는 공간이 거리가 있어 어쩌다가 만나고, 때로 생각나서 톡으로 인사하면서 그 긴 세월이 지났습니다. 속에 있는 이야기들을 쉽사리 꺼내놓지 않는 이 목사님이 그간 스케치하는 일에 뛰어들어 이제는 남들이 보아줄 만큼 실력이 출중해졌습니다. 여기에 그가 손으로 그린 일상의 그림들이 모여 있고, '담백하고 의연한 본연의 모습으로 사는 삶'의 이야기들이 곳곳에 아로새겨져 있습니다. 대구에서 오래 살아본 저로서도 스케치 속에서 만나는 여러 건물들이 눈에 들어옵니다. 또한 바쁘고 힘든 일상을 벗어나 이곳저곳 여행지의 모습을 담아낸 스케치들도 유심히 보게 됩니다. 절제된 표현들로 되어 있지만 곳곳에서 이 목사님의 속 깊은 이야기, 삶의 애환과 고뇌, 그리고 신심이 배어 나오고 있습니다. 이 책에 인용되어 있는 빨간 머리 앤의 고백이 이 책의 진수를 잘 대변해 주지 않나 생각합니다.

"가장 즐거운 날은 굉장하거나 근사하거나
신나는 일이 생기는 날이 아니라 목걸이를 만들 듯이 소박하고
작은 즐거움들이 하나하나 조용히 이어지는 날이라고 생각해요."
_《에이번리의 앤》 중에서

이 목사님의 스케치북이 많은 이들의 손에 들려져 스케치와 삶의 이야기를 읽게 되기를 소망해 봅니다.

이상웅 총신대학교 신학대학원 교수

✍ 일상과 영원은 멀고도 가깝다. 그 아득한 거리감은 때로는 손에 잡힐 듯 때로는 막막하기만 하다. 무릇 목사는 하늘과 땅, 그 어딘가에 자리하여야 마땅하며 일상과 영원을 도무지 구분할 수 없는 사람이어야 할진대... 이는 실로 어려운 일이기에, 이용백 목사는 진귀하다. 그는 정원과 빈들을 오가며 읽고 쓰고 그린다. 그의 글과 그림은 마치 일상과 영원의 같고도 다름처럼 서로를 보완한다. 글만 읽어도 그림이 그려지고, 그림만 봐도 글이 읽히는 신비로운 체험 말이다. 이토록 가만가만한 글과 그림을 보고 있노라면, 아 하나님은 정말 매 순간, 모든 곳에서 내 삶에 개입하고 계시는구나 스르르 깨닫게 된다. 그 크신 분께 작고 사소한 일이란 없구나 끄덕여진다. 순간을 포착해 내지만 영원을 내다보는 이, 이용백의 글과 그림을 기쁨으로 추천해 드린다.

민호기 목사·노래를 만들고 부르는 사람·찬미워십 대표·대신대학교 교수

✍ "익숙함은 진부함이 아니다"라는 저자의 말처럼 주변의 풍경을 그림으로 담는 일은 익숙함을 붙잡아 두는 것이다. 익숙함을 붙잡으면 유익한 것이 몇 가지가 있다. 쉽게 잊히고 마는 그날, 그 시간의 감정과 생각이 삶을 풍요롭게 만들어 주는 것. 익숙함을 나눌 때(저자는 그린 그림을 선물하기로 유명하다) 분리되어 있던 관계의 벽이 허물어진다. 익숙하게 된 모든 사람이나 환경은 나에게 풍요로움을 가져다주는 토양이 된다. 나를 받아들여 주는 그 익숙함들을 벗어나면 삶의 위기에 처한 듯 순간순간을 외나무다리를 건너는 듯한 위기감으로 살아갈 수밖에 없다. 아마도 이 책은 필자의 외나무다리를 건너는 듯한 위기의

순간에 안정감과 풍요로움으로 다가와 준 세상에 대한 고마움의 표현이리라. 짧게 이어진 삶의 순간들이 얼마나 고마웠으면, 이리도 세심히 그 장면들을 그려 다시 찾아가 고마운 마음과 함께 그림을 전했을까 하는 생각에 마음이 뭉클해진다. 이 책을 보는 동안 독자는 익숙한 주변의 얼굴들이 떠올라 안정감을 누릴 것이다. 그리고 아름다움으로 남은 기억의 장소에 머무른 추억으로 풍요로움을 맛보는 시간이 될 것이다.

박홍식 찬양사역자·파란워십 프로젝트

✏ '일상에 의미를 담다'

오랜 나의 친구이자 동역자이자 동경하는 선배인 저자와 함께하며 '사람됨'에 대해 배운다. 누구에게는 흘러가는 '일상'이, 저자에게는 특별한 기억으로 남는 '삶'이 되더라. 어느 것 하나 그냥 흘려보내지 않는 작가의 진심을 옆에서 지켜봐 왔다. 그래서 그와 함께하는 시간 속에 '나'라는 사람도 특별해지더라. 이 책은 일상에서 만난 풍경과 사람과 삶이 평범해 보이지만, '의미'가 담긴 '의미 있는 하루'라는 것을 고백하게 한다. 혹시 오늘도 뭔가에 지쳐, 뭔가에 쫓겨, 뭔가에 빠져 살아가는 분들에게, 잠시 멈춰 '오늘의 의미'와 '일상의 의미'를 느끼는 시간이 되길 소망한다. 저자와 보낼 하루가 풍경이 되어 기억될 그날을 기대한다.

이강열 더초청교회 담임목사

✏️ 일상은 특별함으로 가득 차 있습니다. 일상의 삶 속에서 하나님과의 관계를 통해 지금 이 순간 경험할 수 있는 영원의 실재이기 때문입니다. 이용백 목사가 그린 그림과 글을 통해 지음 받은 존재로 주어진 일상에서 누리는 커피 한 잔의 따스함과 그곳에서 나누는 사람들과의 소소한 이야기, 그리고 머무는 공간과 그 풍경들이 주는 위로는 모두 창조주가 우리 삶에 주시는 소중한 선물임을 다시 한번 느끼게 합니다. 이 책은 이러한 소소한 일상을 살아가는 우리에게 영원을 누릴 수 있는 쉼과 그 영원함에서 오는 기쁨과 따뜻한 위안을 줄 것입니다.

박해인 동산교회 담임목사

✏️ 우리는 너무나도 숨 가쁘게 일상을 살아가고 있다. 그리곤 스스로 내가 잘살고 있는가? 질문은 던져 본다. 하지만 그리스도인으로 일상을 살아간다는 것은 버거운 순간들이 너무 많다. 저자의 책을 보면 소소한 에피소드들이 내 마음의 도화지에 검정 일상의 잉크를 풀어가며 자연스럽게 하나님이 만드신 창조물과 나를 돌아볼 수 있는 시간을 깨닫게 된다. 저자의 이야기는 우리가 알고 있는 무거운 일상의 이야기와는 다르다. 정말 위대해 보여서 우리와는 무관해 보이는 그런 이야기가 아니다. 우리의 평범한 일상과 맞닿아 있기에 '그의' 이야기는 어느새 '나의' 이야기가 된다. 저자가 "보이는 작음이 진실이 아니다. 보이는 작음은 보이는 것! 진실은 가까이 가야 아는 것"이라고 나눈 것처럼 책을 덮고 나면 나의 일상 곳곳에 스며들어 있는 그림과 소소한 이야기들로 진실을 발견하고 가장 중요한 하나님의 은혜를 새롭게 발견

하게 된다. 또한 힘들고 어려운 상황 속에서 어떻게 힘을 내야 할지, 지금 내 옆에 있는 사람을 어떤 눈빛으로 바라보아야 할지, 어떻게 여유를 찾아야 할지 알게 된다. 신앙이 오래된 사람들에게는 신선하게, 신앙의 첫걸음을 내디딘 사람들에게는 편안하게 우리의 평범한 일상 가운데 길어 올린 살아 있는 신앙 이야기. 이 책은 그런 이들에게 하나님은 결코 어려운 분이 아니라고, 내가 경험하고 있는 이 평범한 일상 가운데서 만날 수 있고, 우리가 마주하는 모든 상황 속에서 하나님의 사랑과 흔적을 발견할 수 있다고 말한다. 일상에서 하나님을 꼭 만나고 싶은 이들, 내 삶 속에서 하나님을 경험하길 원하는 이들, 가까이 있는 소중한 사람을 하나님께로 이끌길 원하는 이들에게 이 책은 친숙한 안내자가 되어 줄 것이다.

김승한 우리들교회 목사

좋았던 기억, 그리고 소중한 추억들
그렇게 사람의 마음을 움직이는 많은 것들.
아주 당연한 일상을 마음에 담고
그림을 그리면
다른 창조물이 되어 다가온다.

자기중심을 벗어난 다른 존재와 만나는 느낌,
그림은 내게 그런 느낌이다. 창조자의 정신을 닮은
기쁨이 내게 있다.

처음 그림은 내게
카오스의 영역이었다.
아내의 장난스런 말,
"발로 그려도 당신보다는 잘 그릴 듯."
그런 말을 들은 것이 얼마 되지 않았는데
몇 해가 지나 이제, 누군가에게 선물을
부끄러움 없이 줄 만큼
자라고, 성장한 그림이 되었다.

(물론 아마추어를 벗어나진 못했지만)

가장 가슴 아픈 날에
소중한 추억을 담기 위해
그렇게 그렸던 시간이
지금 고스란히 여기에 숨 쉬고 있다.
가장 높은 곳에,
가장 놀라운 시간 속에 계신
바로 그분 안에서, 그와 더불어 살아가는 이 삶에
감사하고, 또 감사하다.

이번 책은, 진심으로 모든 생각을 멈추고 직관적인 글쓰기로
거의 다듬지 않고 써 보았다. 어쩌면 가장 마음의 목소리라고 할까?

소중한 모든 이들이, 이 작은 그림과 글에
잔잔한 따뜻함을 느끼기를 기도한다.

11

CONTENTS

PART 1

커피

리을커피

젊은 사장님이 운영하는 리을커피.
몇 년 전 가끔 들러 고요하게
쉼을 가지고, 손님이 없을 때
이런저런 이야기를 한 것이
엊그제 같은데,
이제는 앞산 쪽에서 더욱 '커피에 매진'하고 수많은
메뉴를 쏟아내며 열심히 일하신다는 소식을 들었다.
좋은 사람이 운영하는 좋은 가게가
잘되기를 바랄 뿐이다.

즐거피(첫 번째)

2년 전 아버지가 갑자기 돌아가셨던 날, 나의 삶은 멈추었다.

다녔던 사역지를 내려놓아야 할 상황, 여러 가지 많은 원망과 아픔 속에서 마음이 무너진 바로 그 순간. 8개월 동안의 방황은 골목길 구석구석을 걷는 시간으로 채워졌다.

아무것도 하지 않았던 시간. 어떤 것도 내 마음에 담기지 않았던 날들. 바로 그 순간 내가 할 수 있었던 건 아내를 직장으로 보내고 홀로 걷는 것. 이른 아침에 일어나 늦은 저녁까지 서점에 틀어박혀 아무 생각 없이 책을 보는 것. 골목길 구석에 있는 카페에 앉아 하루 종일 아무 생각 없이 숨 쉬는 것.

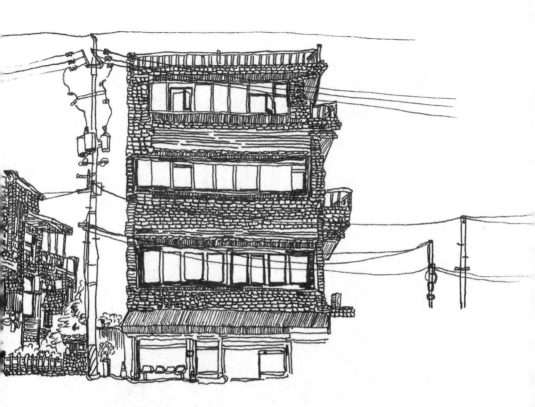

그렇게 걸었던 시간에 만난 많은 카페, 카페 사장님, 그리고 골목길에
존재했던 이야기가 살아 있는 사람들.
계속 걸었던 날들을 통해 나는 살아 있음을 희망할 수 없었던 날들을
살아갈 수 있었다. 한 가지 깨달은 사실, 살아 있다는 것이 어떤 의미
인지가 아니라, 살아 있다는 것 자체에 대한 의미.

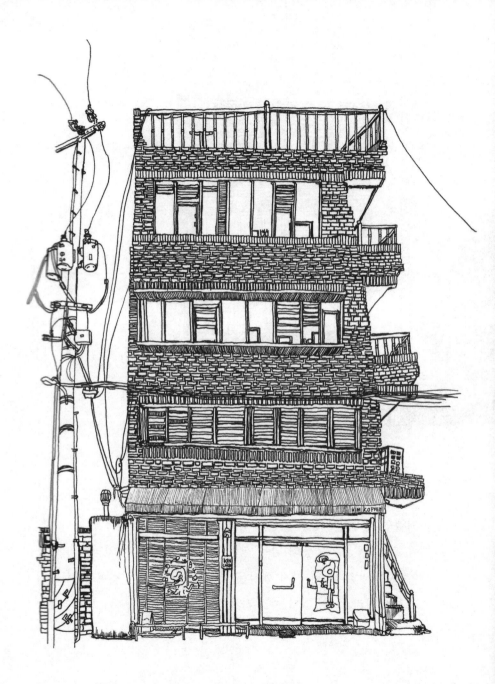

20

즐커피 (두 번째)

젊지만 철학과 자신의 커피와 공간에 대한 기준이 분명한 사장님이
운영하는 즐커피. 여러 많은 친구와의 협업도, 계속해서 무엇인가를
준비하여 에너지를 만들어 가는 모습에 도전을 받는다.
늘 건강하시고 번창하기를 축복합니다!
(지금은 리모델링 작업을 하고 있음)

스타벅스 앞산DT점

동네 커피를 선호한다. 그러나,
서로의 마음을 쉽게 그리고 편하게
전달하는 '선물'로 주어지는 쿠폰,
그리고 그 쿠폰으로 세상
그 어디에서도 만날 수 있을 것 같은
스타벅스.
그 편리함의 유혹이 달콤하다.

자본주의가 만든 대형 공간 속에서
자신을 쉽게 숨기고,
각자의 세상 속에 잠기는 삶.
우리는 어디쯤 자신을 있게 만들고,
있는 존재로 살아가는지
고민하게 된다.

88로스터즈

다시 일상으로 가는 길.
오픈 준비 전, 처음으로 찾은 손님을 향해
분주한 손길 넘어 웃음으로 맞이해 준 사장님 부부.

"첫 로스팅이라 맛있을 거예요.
동네 커피점이지만 진짜 맛있습니다."

말 그대로, 아껴 먹고 싶은 라떼의 맛.
구석진 곳에 있어도, 좋은 맛과 진심을 담은 곳은
언제나 사랑받는 사실.

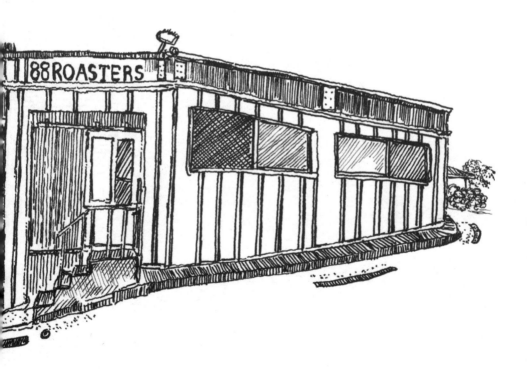

88ROASTERS

25

그러므로part2

왜 이름이 '그러므로part2'인지 모르지만

달콤한 시그니처 커피는 정말 '달달한 맛',
아이들은 좋아하는 '호기심 딱지 시청',
제주가 시원한 걸 보면,
대구는 정말 더운 곳이라는 새로운 사실도...

가만히 시원한 곳에서 숨 쉬는 것이야말로
진짜 휴가라는 것도 느끼게 된다.

소명커피바

현대사회에서 '원함'은 지극히 '선한 것'으로 당연시된다. 개인적 욕구, 사회와 크고 작은 공동체의 필요는 합리적이며 명백한 진리로 다가온다. 그러나 성경은 개인과 사회, 그 어떤 공동체의 원함을 '그것이 필요 충분한 요건'을 갖춘 것이라고 할지라도 '선'이라고 말하지 않는다.

단적으로 출애굽기에 나타난 이스라엘 백성에게 필요한 것은 먹고 마시는 것, 필수적인 생존에 대한 필요였지만, 그들은 그 필요에 있어 잘못된 방식으로 접근하다가 심판을 받는다. 즉, 그들은 그들의 필요 때문에 죽음을 맞이한다.

자본주의 사회, 욕망의 실현을 선으로 그리고 그 결핍을 악으로 생각하는 이 시대에 가장 큰 우상은 **'욕망과 필요에 대한 절대적 신뢰'**다.

모리스커피 남산점

음악과 커피를 함께 즐길 수 있는 휴식처

케빈커피로스터스(함양)

함양에 가면 꼭 찾는 케빈커피. 시골에 있다는 것이 신기할 정도로 모든 메뉴가 기대 이상인 곳.

가끔 공간에 대한 생각을 하게 된다. 진정으로 좋은 공간은 마음이 잇닿는 곳.
눈을 감으면 보이는 공간이 있다. 현실 속에서 이루어지지 않아 상상 속에서만 즐길 수 있다는 뜻이 아니라 현실이 되어야 누리는 공간이 아닌, 가능성만으로도 고상한 즐거움을 주는 공간을 말한다. 현실도피를 위한 수단이 아니다. 이상적인 작업이 되어서 스스로가 원하는 '갈망'이 채워지는 곳도 아니다. 나와 더불어 마음을 누릴 수 있는 귀중한 이들이 기쁨을 얻고, 곁을 내어주는 모든 이들을 풍성한 열매로 이끄는 곳이다. 거기엔 빛이 비추고, 그림자가 있지만 광채로 인해 그림자조차 아름다움의 일부분이 되는 곳이다. 고정적 시각과 사고의 연약함, 그리고 전인격적인 삶의 왜곡인 무수한 파편적인 오류로 말미암아 이런 눈부신 고상한 소망은 현실적인 기쁨과 가능성의 발걸음으로 제한되고 사라져 버렸다.

어설픈 채움과 사라지는 욕망에 눈을 감고, 진심으로 눈을 떠야만 하는 본질의 공간은 '마음이 자연스럽게 이끌리며 자신이 정성스럽게 정화되어 평화로운 숨결로' 존재하는 곳이다. 마음이 가는 그곳으로 향한다. 거기엔 생명이 호흡한다.

십구커피

가족같이 지내는 지인이 있어 늘 전주를 찾게 된다.
지인의 교회 성도가 운영하는 커피 가게.
좋은 커피 향기와 분위기로 전주를 가면 꼭 찾게 된다.

오퐁드부아

깊어 가는 가을에 만나는 고즈넉하고 분위기 있는 카페

끌린다는 표현, 어떻게 보면 좋은 의미이지만 자극적인 의미로 생각한다면 왠지 조금 야릇한 생각도 든다. 그만큼 끌린다는 표현은 적극적이면서, 직접적이다. 사물이든 사람이든 이 단어와 이어진 모든 존재는 '매력적'이라는 뜻이니 나쁠 것이 없을 듯. 사람의 삶이 조금 역동적인 힘을 얻으려 한다면 이런 끌리는 것들이 많아야 한다.
정직하게 말해 어느 정도의 매력이 없이 사람 곁에서 자기 존재를 사랑받기란 불가능한 것. 특정한 재화로 무엇인가를 산다는 것도, 탁월한 그 무엇인가를 가지기를 원하는 것도 결국은 '끌리는 그 무엇인가를' 가지기 위한 수단이다.
어쩌면 본능적으로, 그리고 의도적으로 그리스도께 이끌리는 사람이 있다면, 그는 정말 순수하도록 아름다운 사람일 것이다. 그는 분명히 그 사랑의 대상을 닮고 싶어 할 것이기에, 더욱더 눈부시게 아름다워지리라.

탈런커피바

익숙하지 않은 곳을 찾는 즐거움, 낯선 자유가 주는 배려가 있다. 새롭게 시작한 카페를 실험정신(?)으로 가게 된다. 언제나 느끼는 첫인상은 '친절'이다. 확실히 첫 발걸음에 대한 사장님들의 마음은 깊은 배려가 스며 있다. 여행지에 온 듯한 분위기와 적절하고 괜찮은 커피로 좋은 인상이 깃든 곳.

익숙한 것이 모두 좋은 것은 아니다. 익숙함은 마음의 배려를 무디게 하고, 고마운 마음을 서럽게 한다. 나에게 모든 것들이 익숙하다는 것은, 이제 더욱 깊게 사물과 삶과 모든 것들을 제대로 봐야 한다는 메시지. 익숙함은 친밀함을 느끼게 하며, 유연하고 자연스럽게 밀착하게 만들지만, 결국 그 익숙함이 장점들을 잃어버릴 때 인생은 가장 깊은 배신감을 느끼게 된다.

주리485

아주 큰 카페, 넓은 뷰, 괜찮은 커피 맛, 그러나
그것보다 더 중요한 건 계절과 어울리는 풍경들.
그 풍경을 감상할 수 있는 곳. 진정한 사람의 모습은
그의 갈망에서 느낄 수 있다. 커피를 좋아하는
나에게 커피는 단순함을 넘어 진심 어린 갈망이다.

삶을 움직이는 갈망은 아름다움에 대한 전적인
신뢰와 그 신뢰를 담은 무한한 갈급함이다. 근거를
가진 필요, 그것을 넘어 완전한 채움을 기대할 수
있는 무한의 영역이 존재하는 것만으로 인간의 삶은
가능성을 넘어 실현될 아름다움과 벗하고 있는 것이다.
우리가 추구하는 삶은 뜬구름을 잡는 것이 아니다.
단순한 만남 속에서 처량하고 헐벗은 욕망 앞에 주저리 속내를
털어놓고 일순간 쾌락을 벗하는 삶이 아니다. 오히려 저급함이라는
깊이를 단순히 만족시키지 못하는 삶으로 이어가지 않으며, 놀라운
삶의 환경을 있는 그대로 수용하며 살아가는 용기가 필요하다.

PART 2

교회

대구제일교회

크리스마스를 생각하면 떠오르는 단어들.
교회, 초코파이, 편지, 성탄절 행사(새벽송), 눈, 교회 누나, 편지...
모두 추억이 된 이름들.
교회가 주는 유익을 넘어, 교회 자체로 큰 감동 그 자체다.

교회가 희망이다 - 광활교회

미래학자들이 이야기하는 인구 감소로 인한 '국가 존립의 위기'.

시골길을 다니다 보면 사라진 사람들 곁으로 심심치 않게 교회를 발견하게 된다. 도대체 몇 명이나 모일까 생각하다가, 어떻게 지금까지 존재하고 있을까, 라는 생각에 잠시 마음을 멈추게 된다.

교육학자들의 미래를 혁신하고자 수많은 이론과 실천 속에서도 여전히 근간이 허물어지고 있다는 불안함과 불편함은 씻어낼 수 없다. 바로 이런 현실적인 순간 속에서 어떻게 교회는 희망이 될 수 있을까? 교회라는 존재 자체가 자랑하는 과거 역사의 흔적들을 가지고 있을지라도, 결국 그것만으로는 현존할 수 없으며 그 현존이 아무런 영향력이 없는 그저 호흡기만 달고 살아가는 생명이라면 아무 의미가 없음은 분명하다.

어쩐지 전혀 현실적이지 않아 보여도, 무엇이라 정확하게 말할 수 있는 통계적이고 이론적이며 심층적인 구성의 논리적 설명이 없을지라도, 성경은 '교회가 희망, 아니 교회가 결국 모든 시대와 국가와 민족을 초월하여 유일한 대안'이라고 말한다.

왜냐하면 그리스도는
교회의 머리가 되시고, 주님의 몸 된
교회는 전투하는 이 세상 속에서 결국
승리의 찬가를 부를 것이기 때문이다.

목사의 기도 - 남부교회(대구)

"자신을 바라보면, 어떤 소망도 보이지 않습니다. 익숙한 자괴감과 자기 허영, 진실을 바라보지 못하는 어리석음이 저를 감싸고 있습니다. 모든 것에 초연하여 미친 듯이 한 길을 걸을 만큼의 열정도, 뚜렷한 능력이 있지도 않습니다. 내적인 성찰이 지나쳐 스스로를 파괴하고, 때론 교만의 다른 모습처럼 스스로를 '고상하게 생각할 때도' 있습니다.
하나님 아버지. 이 모든 오류에서 저를 지켜 주소서. 단순히 주님을 사랑하고 스스로가 할 수 없는 가장 온전하고 아름다운 이 사역의 시간에, 당신의 영광이 드러나는 도구가 되게 하소서. 거룩한 욕망이 세속적인 욕구를 이기는 사람이 되게 하소서. 뚜렷한 아름다움에 자신을 던지는 사람이 되게 하소서. 아멘."

생각하지 않아도, 정확한 시간으로 기록된 25년. 이 시간은 저 자신의 '교역자'라는 이름의 시간이다. 스무 살을 시작으로 돌아가신 아버지의 병간호로 잠시 쉬었던 6개월을 제외한다면 인생의 중요한 시절과 온전한 삶이 녹아져 있는 시간은 모두, 교회라는 공동체 안에 숨 쉬고 있다. 모든 것이 낯설고 부담스러웠던 날들로부터, 이제는 어디든 그 자리에서 무엇을 해야만 하는지 알게 된 이 순간까지, 교회와 사역, 그리고

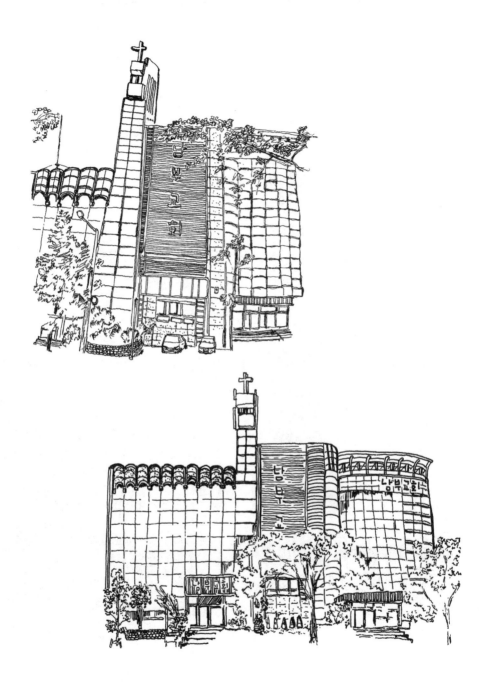

부교역자라는 이름은 거의 저 자신의 존재와 이어진 이름이다. 이 이름으로 살아간 날들이 하나님과 사람에게 어떤 의미와 가치가 있었는지 묻는다는 것은, 그만큼 긴 세월 동안 여러 가지 많은 고민과 자신만의 답을 찾고자 했다는 반증이기도 하다.

25년의 시간 중 5년을 지금 남부교회에서 보내고 있다. 무엇보다 가장 중요한 것이 인간에 대한 질문, 정확하게 사람에 대한 관심이 없다면 목회나 참된 사역의 자리에 어울리지 않는다는 것이다. 하나님의 부르심을 받은 사역자이기 때문에, 특정한 부르심과 위로부터 직관적이고 세밀하며 개인적으로 울리는 그 확고함에 자신을 함몰시키는 것이 인생이다. 그것이 진정으로 중요하지만, 그것이 주는 현실적 사역의 상황과 환경은 바로 '사람과의 관계와 이해', 그리고 사람의 삶에 깊숙이 들어가는 것이다. 그렇기에 사람에 대한 관심, 뚜렷한 애정과 기대, 나아가 공동체 안에서의 진정한 꿈을 이루기 위한 모험을 설계하고 실행하는 사람이 진정한 하나님의 사람, 부르심 받은 사람이다.

52

대성교회(대구)

집에 있던 굴러다니던 볼펜으로 그린 그림.
지구상의 모든 교회는 다 부족하지만, 또한 모든 교회는 아름답다.
그렇기에 교회 안에 존재하는 모든 숨결도 아름답고, 아름답다.

후평교회(의성)

시골교회의 미래는 그 자체로 아무 의미가 없는 이야기다.
왜냐하면, 미래 자체가 없으니 어떤 식으로 표현하든 대책이 없다는
말이 사실이다.

종교의 외면, 멸시를 넘어 '종교 자체가 의미 없어진 시대'가 곧 다가오
고 있다.
물론 이것은 인간 내면에 심긴 종교심이 사라진다는 것은 아니다. 다
만, 인간이 직면하고 살아가는 삶에 있어서 이제는 종교가 할 수 있었
던 영역들을 다른 많은 것들이 대체한다는 것을 의미한다.

절대적인 의미, 손상되지 않을 진리의 복음, 타협할 수 없는 진정성.
교회가 교회로 다시금 선하고 놀라운 기능을 회복하기 위해서는 교회
가 가진 본질을 다시금 있는 그대로 수용하고 인정하며 그것에 최선을
다하는 것에 있다.

진리, 예수 그리스도의 생명 되심, 창조주 하나님에 대한 선명한 고백.
이런 놀라움이 당연하게 선포되는 교회만이 결국 살아남을 것이다.

몽골 선교 - 영원한 생명 그리스도교회

코로나를 지나, 정상적인 사역과 선교의 새로운 시작점을 알린
몽골 선교. 주님의 몸 된 교회가 몽골 땅에 세워지고,
그 교회를 주님께 바치는 헌당식은 감동 그 자체였다.

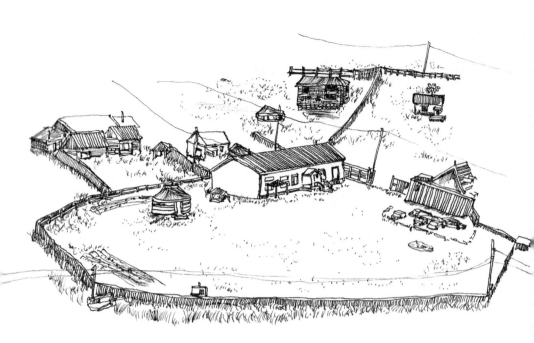

청년들의 주일학교 사역도, 헌당식과 더불어 이루어진
전도와 여러 사역들은 역대 가장 감동적인 사역이라고
말할 수 있었던 귀한 시간. 전도하며 바라보던 교회
풍경은 아름답고 고즈넉했다. 그리고 발걸음은 참
따뜻하고 행복했던 기억.

칼빈이 목회했던 생 피에르 교회

"주님. 나의 심장을 드립니다."

_존 칼빈

빤딴교회 (필리핀 개척교회)

선교를 위한 모든 움직임,

그 모든 동기와 의미 있는 발걸음은 귀하고, 소중하다.

하나님을 위해 필요한 것은 큰 결단과 대단한 헌신이 아니다.

어쩌면 내가 할 수 있는 일,

내가 해야 할 일을 찾고 의연하게 나아갈 뿐.

한우리교회(경산)

십 년을 넘어 찾아간 곳.
세월이 이토록 빠르다. 중학생이던 아이들은
어른이 되어 부모가 되었고,
내가 그리워하던 사람들, 뵙고 싶었던 얼굴들은
여전히 같은 마음의 결을 가지고 숨 쉬고 있다.

광주동산교회

한국에서 부교역자가 담임목사가 된다는 것, 그것은 거의 하늘의 별 따기와 같은 일이 되었다. 신학대학원이 미달이 되고 이제 교역자의 수급이 만만치 않을 시간이 다가오지만, 여전히 낙타 바늘귀처럼 좁은 담임목사의 자리는 '선택받은 자들의 몫'이다.

그 자리에 지인 목사님이 가게 되었다. 충분하고 넘치는 귀한 목사님이 새롭고 귀한 사역지로 부르심을 받았음에 기쁨이 크다. 확실한 건 기쁨을 함께 기뻐할 수 있다는 것이 관계의 깊이를 말해 주는 것이 아닐까 하는 생각. 홀로 긴 부교역자의 시간을 끝낸 목사님께 박수를 보낸다.

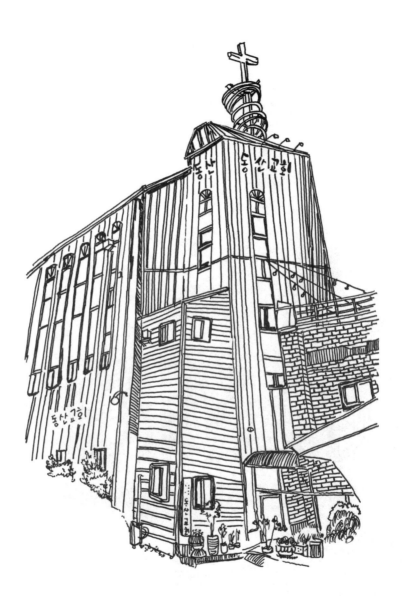

67

고백 - 그로스뮌스터대성당

가보지 못한 곳을 그린다는 것, 보지 못했지만 보고 싶은 곳을 마음에 담는다는 것의 의미를 생각하게 된다. 스위스 취리히 그로스뮌스터 (Grossmünster) 교회. 종교개혁자 불링거와 안나의 사랑이 깃든 그곳의 풍경이, 그들이 살았던 그 향기와는 다르겠지만 역사적 건물 속 대지의 굳건함으로 살아있음을 보게 된다.

누군가에게는 사랑이 쉬운 일이다. 또 누군가에는 원하는 것에 이끌리는 선택이 당연하다. 그러나 불링거에게는 한 교회와 한 아내가 영원한 운명이었고, 죽음을 이겨낸 실체였다.(불링거는 44년 동안을 한 교회를 섬겼고, 17년 동안 사랑으로 풍성한 가정을 만들며, 가정의 수호자란 별명을 가진 안나는 수많은 어려움과 가난을 인내하며 극복했다. 특별히 그의 아내 안나는 남편의 흑사병을 간호하다가 남편을 구하고 자신은 죽음을 맞이했고, 불링거는 재혼하라는 권면에도 '아내는 자신에게 여전히 살아있는 존재'라며 지극한 사랑을 표현했다) 사랑은 충분하고 분명한 깊은 숙고 속에서 태어나며 자라나지만, 우리는 모두 저마다 만들어지고 포장된 문화적이고 시대적이고 환상적인 그 무엇인가를 잡고자, 정작 진짜 현실이라는 분명한 이상의 장소를 인내와 눈물과 헌신으로 변화시키는 것에 지나치게 수동적이며 나약하다.

약한 사랑의 시대라는 표현은 부족하다. 지나친 자기 사랑과 자기 향락적 삶과 신앙, 근거 없는 자기 강화와 긍정의 삶, 하나님 없는 우상 숭배적 향연의 자기 경건이 가득하다고 말한다면 좀 과격할지 모르겠다. 그러나 어느 신학자의 고백대로 '하나님이 존재하지 않는 것 같은 곳에서는 하나님이라는 이름으로 자신이 너무나 많이 신적으로 존재'한다는 것을 생각해 볼 때 우리는 저마다 너무 많이, 너무 자주, 그리고 너무 과하게 우리 안에서만 존재한다.

하나님으로부터 버림받은 탐욕의 노예였소 …
우리의 눈이 세속적인 것에 들어붙어서 위를 바라보지 못한 것처럼 …
탐욕은 선에 대한 우리의 사랑을 망쳐 버렸고
사랑 없는 헛된 것이었소.
_단테의 《신곡: 연옥편》 중에서

교회와 가정, 시대를 바라보며, 아니 저 자신을 바라보면서도 심장의

70

울렁임을, 불편한 이 경건과 멀고 나약하다 못해 어리석고 못된 마음
이 서글프다. 조금씩 나아질 거라는 생각은 너무나 미숙한 긍정이다.
우리 시대는 점점 더 성경대로 악해지고, 빛을 잃어가고, 탐욕적으로
변하게 될 것이 분명하다. 그렇기에 우리는 더욱 분명히 우리의 목소
리, 마음, 참된 영혼의 울림이 강건한 역사 속에서 실존했던 귀한 사람
의 어깨 위에서 우리 자신의 한없는 부족함을 깨달을 필요가 있다.

불링거의 고백이 오늘 저의 고백이기를, 여러분들의 고백이기를 기도
한다.

"그분은 나에게서 발견된 가장 크고 지혜로우신 보물이십니다."

_하인리히 불링거

72

달명교회(대구)

반찬 사역을 하면서 스치는 교회.
주변은 온통 아파트 단지로 바뀌고 있다.
순간적으로 드는 생각은, 생존할 수 있을까.
그러나 가장 어리석은 걱정은 교회 걱정!

중리교회 (의성)

순교자들을 배출한 교회들이
의성에는 많이 있다.
그중에서 의성 중리교회는
가장 유명한 교회이며,
문화유산으로도 지정된 건물을 가지고 있다.
몇 번을 선교 탐방으로,
영상을 찍기 위해 찾았던 곳.
과거, 의성을 그렇게 많이 다녀왔음에도 눈이 가지 않았지만,
관심과 주목을 통해서 다시 보게 된 순교자를 낳은 귀한 곳!
(확실히 관심과 애착이야말로 진짜 모습을 발견하게 한다.)

수하교회(영양)

"사람은 휴식으로도 하나님을 섬긴다.
그렇다. 쉬는 것 외에 아무것도 없이도 말이다."
_마르틴 루터

맑은 공기와 물이 흐르는 곳에 숨 쉬는 교회

79

80

대구문화교회

이제는 역사 속에 사라진 과거! 역사란 가장 중요한 현재를 보게 하는 힘이다. 과거와 현재의 끊임없는 대화라는 유명한 역사가의 말을 인용하지 않아도, 결국 우리의 현재는 과거의 이어짐, 미래는 지금의 삶으로 만들어진다.

여기에서의 삶을 제대로 찾지 못하면 내일의 삶, 모든 미래의 삶도 사라지고 희미해지게 된다. 지혜는 지금을 사는 것. 여기 이곳에서의 삶을 온전히 살아가는 것. 오늘만이 나의 삶이고, 지금만이 온전함이다.

"지혜는 명철한 자 앞에 있거늘
미련한 자는 눈을 땅끝에 두느니라."
_잠언 17장 24절

82

용촌남부교회

작은 군부대.
그러나 그곳에는 젊은 영혼들이 하나님의 말씀과 복음 안에서
새로워지는 역사를 경험하고 있다.
귀한 장로님의 헌신으로 강원도 고성에 세워진 군부대 교회.
하나님의 역사가 함께하기를!

평택장로교회

"친구는 모든 것을 공동으로 소유한다."

_아리스토텔레스

고등학교 시절부터 알고 지낸 착하디착한 그리고 노래도 잘하는
친구가 사역하는 교회.
부탁을 받아 최선을 다해서 그렸지만, 왠지 만족스럽지 않다.
그래도 무엇인가 줄 수 있음에 감사한 마음

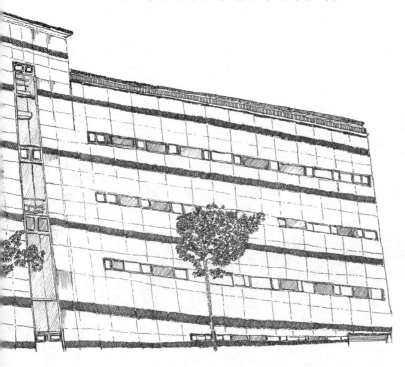

PART 3

음식점

이태리 부뚜막(대구 봉덕동)

숨겨진 맛집, 이태리 부뚜막.
이름에 나타나듯, 건강한 재료와 자극적이지 않은 요리로 먹고 나면
토속 음식이 아님에도 속이 그리 부담스럽지 않고 편안하다.
무엇이든 정성이 있어야 한다는 생각, 그리고 자신만의 원칙이 있어야
한다는 생각을 하게 된다. 따라 하는 것은, 그다지 답이 아니기에.

미소가든(대구 남산동)

계획은 짜장면, 그러나 머문 곳은 고기, 고깃집. 어쩌다 보니 배부른 나로 인해 배고픈 가족들이 더 많이 먹을 수 있을 듯하여 우연히 지나치던 곳으로 발걸음.

친절한 사장님과 맛있는 음식, 아이들이 좋아하고 배부른 웃음에 누군가의 고백대로 '자기 자녀 밥 먹는 소리가 제일 좋다던데'. 딱 그런 마음이 든다. 가벼워진 주머니를 뒤로하고 만족스러운 가족들을 바라보며 이런저런 생각이 스친다.

91

개미집(대구 두류동)

진정한 쉼은 무엇일까?

단순히 우리의 모든 필수적인 일들, 자본을 얻거나, 누군가의 필요를
채워주는 특정한 삶을 멈추는 것을 말하지는 않을 것.

인간은 언제나 자기 성취와 자기가 원하고 바라는 것을 이루고자 하는
욕구를 가지고 있다. 그리고 그 욕구가 고상하고 높은 차원일수록

　　그것을 채우는 것, 이루는 것을 '쉼'이라고 말할 수 있을 것이다.

그래서 어떤 학자는 쉼과 여유는 자신이 바라는 것을 이루고자 하는 아주 격렬한 애틋함이라고 말하기도 한다.

하지만 현실은 시간을 누리기는커녕, 필연적으로 생계와 삶의 작은 누림을 위해서 자본의 노예로 살아가는 시대 속에서 한 사람의 인격적인 존재로 자신을 찾아가며 반듯하게 살아가는 삶을 산다는 것은 쉬운 일이 아니다.

분명한 것, 우리에게 가장 필요한 것은 '일과 노동과 채움이 아니라 우리 자신의 근본적인 정체성을 찾고 그 건강하고 바른 기반 속에서 우리의 참된 원함을 이루며 기꺼이 주변 사람들과 함께 어울리며 기쁨과 행복을 누리는 인생을 사는 것'이다.

그래서 한나 아렌트는 "사람들에게 여유가 없기 때문에 판단이나 관습과 편견에 의존한다"고 말했고 이덕무는 "좋은 사람이든 나쁜 사람이든 여유가 있어야 하며 포용

력과 편안함이 깃들어야 한다"고 했다. 그리스도인들은 분명히 하나님 안에서 참된 기쁨과 만족을 찾은 사람이다. 아우구스티누스의 고백대로 우리의 참된 만족인 하나님 안에 있지 않고도 만족이 없기 때문이다. 그리고 실천적으로 바로 그 쉼의 영역으로 들어가기 위해서는 '창조적 여유'를 개발하고 즐길 필요가 있다.

이 창조적 여유, 여가는 우리가 바라는 쾌락과 욕구, 소비적이고 말초적인 것을 말하지 않는다. 오히려 우리 자신을 일깨우고 다시 새롭게 하는 창조적 에너지가 채워지는 것, 그래서 그것은 때로 잠자기와 노래, 충분히 먹고 쉬며 기도하고 성찰하는 것으로 표현될 수 있다.

나에게 그림이 그러하다. 스쳐 지나가는 동네 근처의 음식집.
그림을 그리며 아무것도 생각하지 않으므로 얻는 창조적 여유를 누린다. 더불어 사물을 바라보는 것이 무엇인지, 그리고 펜 끝으로 전해오는 그 미세한 전달력과 시선의 흐름을 통해서 삶과 나 자신을 새롭게 볼 수 있는 아주 작지만, 강렬한 시간을 얻는다.

용궁복어(대구 대명동)

삶에 있어 가장 중요한 것은 좋은 사람들과 함께 밥을 먹고 차를 마시며, 평범한 시간을 가장 좋은 의미로 보내는 것이다.

> "가까운 사이란 자신이 이해하는 것과
> 이해하지 못하는 것을 터놓고 이야기하며
> 이해하지 못하는 것의 범위를 조금씩 줄여가는 사이다.
> 이렇게 하지 않는다면 생기가 돌고 발전적인 관계가 아닌
> 정체와 단조로움에 휩싸인 관계로 머물고 만다."
>
> _페터 비에리, 《삶의 격》 중에서

사람을 이해하는 것은 어쩌면 가까운 사이일수록 어렵다는 것을, 필연적으로 사랑이 당연한 사이일수록 그렇다는 것을 느낀다.

너무나 단순한 행복이
너무나 당연한 시간이
우리에게 때로
가장 힘겹게

가장 분명한 행복의
이유가 되기도 하는 것처럼.

"이 주고받음은 결국 한 인격을 다른 인격 속으로 이동시켜서
그 인격은 자신이 아니라 타자 속에 자기 삶의 근간이 자기에게가 아니라
타자에게 있게 하는 이른바 자기로부터의 탈출이다."

_장 그르니에,《일상적인 삶》중에서

열심히 살아가는 귀한 분의 가게.
요즘 한 공간에서 자주 뵙지 못해 여쭤보니, 지금 한겨울이 가장 장사
가 잘되는 시간이라 많이 바쁘다 한다. 장사가 잘되는 것은 참 좋은 일
인데, 여러 가지로 피곤하고 뵙지 못하는 것은 아쉬움. 그럼에도 더 잘
되기를 기도하며 축복한다.

신천궁전떡볶이(대구)

좋아하는 것에 대한 반응은 두 가지다.
좋아하기 때문에 무엇이든 그것을 충분히 누릴 뿐 부푼 기대에 실망하
지도, 비판적인 시각의 발견도 없다.

또 하나의 반응, 좋아함의 '정확한 기준'으로 확고한 자기 기준 밖에 있
는 모든 것에 어떤 만족도 누리지 못함으로 냉소적 만족으로 시간을 보
내는 삶.

떡볶이에 대한 나의 시각은 첫 번째.
어떤 떡볶이라도 너무 좋아하기에 그저 좋은 것으로 충분한 행복을 누
린다.

100

예덕밀양오리(대구)

내가 아는 가장 맛있는 오리고깃집!
행복한 식탁 교제,
한 해를 기쁨으로 동행해 주신 모든 분들께 감사합니다.

올바른 찬(대구 대신동)

빠른 것이
다 좋은 것은 아니다.
정크 푸드는
노화를 가속화한다.
삶도 마찬가지.
담백하고 의연한 본연의 모습으로 사는 삶이,
아름답다.

남산에 (최고의 돈가스집)

우리 동네 유명한 맛집 '남산에'.

몇 년 전, 근무지를 옮기면서 우연히 발견한 돈가스집. 너무 맛있고 정성이 담긴 작은 동네 맛집이라 애장품처럼 아끼고 아끼며 다녔던 시간이 있었다. 잘 그리지는 못한 그림을 간판 앞에 딱~ 붙여놓아 줘서 너무 부끄럽고 고마웠던 마음. 그래서 더 자주 가게 되었던 나의 '남산에'.

그런 어느 날 인스타그램에 사장님의 긴 글과 더불어 문을 닫는다는 소식에 용기 내어 개인적인 메시지를 보냈고, 그렇게 어느 순간 사장님은 새로운 메뉴와 각오로 다시 오픈을 하게 되었다.

그리고 다시금 젊은 사장님의 용기에 하늘이 응답하여, 이제 남산에는 우리 동네 가장 핫한 명소, 젊은 사람들이라면 아니 돈가스를 좋아하는 사람이라면 꼭 먹어봐야 할 집이 되었다.

옛날만큼 편안하게 갈 수 없고, 사장님도 자주 볼 수 없지만 여전히 가게에 가서 밥을 먹을 때면 꼭 내가 잘된 것처럼 기분이 좋다. 그리고 다시금 바라보는 그림을 보며, '지금은 더 잘 그릴 수 있는데...' 하며 멋쩍은 웃음을.

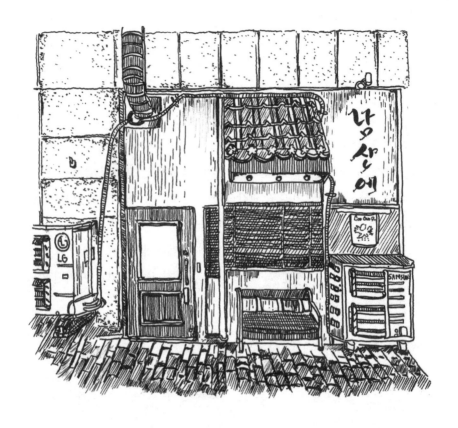

P.S. 지금 보는 그림은 두 번째로 사장님께 드린 그림이다.

장우동(경산 옥곡점)

거의 모든 삶은 스쳐 간다. 일상이란 지속되고 사라지기 쉽다는 것,
그런 면에서 대부분의 시간은 우리 곁에 맴돌지만 그다지 울림이 있지
는 않다. 하지만 조금이라도 생각해 본 사람이라면 느끼는 '당연하고도
분명한 깨달음', 결국 곁에 있는 삶이 소중하다는 사실.
'소중'하다는 단어가 주는 의미를 어떻게 생각해야 할지를 또한 고민해
봐야 할 것 같기도 하지만 어쩐지 모든 삶은 결국 하나의 이야기만으로
는 존재하지 않음을 깨닫는다.

남문콩국(대구)

오래도록 간직하고 싶은 이야기가 있을 듯
조용히 오래도록 멈추어진 공간. **이런 공간 사이로 내가 숨 쉬는 공간
을 생각하게 된다.**

지금 살아가는 곳을, 살고 싶은 공간으로 만드는 것의 시작은 버림과
채움이다. 있어야 할 것들을 제대로 배치하고 없어도 되는 것들을 버
리며, 꼭 필요한 것을 필요한 곳으로 이동하고 채워 넣으며 구매하는
것이 필요하다. 이것은 섬세한 관심과 집중력이 필요하다. 단순히 넓
은 공간이 좋은 것도, 대단한 것을 사야만 살고 싶은 공간이 되는 것
도 아니다. 첫 번째 그 공간을 살아야겠다는 생각 자체만으로도 그 공
간은 벌써 새롭게 변할 수 있는 시작점을 맞이한 것이다. 아이들이 좁
은 공간이지만 어떻게 살아있는 기쁨을 느낄까, 미디어를 멀리하고도
놀랍도록 정겹게 놀 수 있을까, 그리고 책을 벗할 수 있을지 고민한다.
살아가는 날들이 우습지 않기에, 스쳐 지나가는 하루가 정말 아깝다는
생각이 들 정도다.

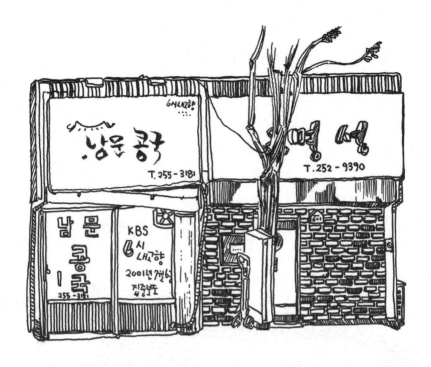

이런 마음을 가진 존재만이 결국 자신이 거하는 곳을 사랑으로, 현존
하는 살아있는 삶의 시간을 누리며 공간을 지속적으로 가꿀 수 있다.
공간의 변화는 사람의 변화로부터 시작한다. 그리고 그 변화의 몸부림
이 아무리 작아도 주어진 여건이 너무나 열악해서 사실 모든 공간은 변
화의 몸부림 앞에서 새색시처럼 부끄러운 모습 감추지 않고 자신의 진
짜 모습을, 아름다움을 보여준다.

반월당 부자식당(대구)

행복, 정의하기 어렵지만 아주 쉽게 표현되고 선명하게 드러나는 것.
소중한 사람들의 웃음이, 그들의 삶의 여유가 더욱 늘어나기를.

중국만두(김천)

감당할 수 없는 유혹, 참을 수 없는 이끌림.

내게 있어 만두는 그러하다.

고향에서만 맛볼 수 있는 아주 짜디짠 만두의 유혹.

배가 부른 시점에서도 내게 멈출 수 없는 시선을, 손길을 보낸다.

좋아하는 것이 나의 몸을 망칠 수 있다는 아주 무서운 진실.

그럼에도, 너무 맛있다.

김천시
용머리5길 5

옥이국수(대구)

개인적으로 국수 종류를 좋아한다.
오래된 영화 〈비트〉의 대사 "나는 국수처럼 길게 살고 싶다"고,
꼭 그런 것은 아니지만 목에서 쉽게 넘어가는 그 부드러운 느낌과
멸치 육수의 그 짭조름한 맛이 좋다.

조금씩 나이 숫자가 늘어나 면이 부담스럽지만, 서민적 정서와
편안한 마음으로 먹을 수 있는 한 그릇의 국수는 여전히 좋다.

현대식당(대구 복현동)

옛날 어른들의 말, 밥심으로 산다고. 적당히 넘어갈 수 없는 하루하루를 살아가면서 끼니를 거르고 사는 것에 그리 반갑지 않다. 정도의 차이는 있겠지만 살아가는 삶의 대부분은 먹고, 자고, 일하는 것으로 끝나는 것인데 이 일상이 어느 정도의 건강함과 정상적인 기준, 나아가 삶의 이어감에 있어 걸림돌이 된다면 당연한 일상은 무너지고 우리의 삶은 붕괴된다.

밥 하나에 진심인 이유는, 밥 한 끼 하나도 우리의 삶이기 때문이다.

118

금성반점(대구 봉덕동)

"인간이 처한 가장 괴로운 정신적 딜레마는 음식이 필요하다는 것이며, 그것은 불가피하게 고통과 연결되어 있다"는 메리 올리버의 고백에 왠지 동의가 되지 않는다.

가난하고 배고팠던 초등학교 시절, 졸업식에서나 먹을 수 있었던 짜장면과 탕수육이 '졸업식'을 잊게 만들었던 현실.

그렇게 중국집 자체는 인생의 선물 자체였다는 기억이 여전히 발걸음을 자연스럽게 중국집으로 향하게 한다.

그렇게 우연히 찾아간 중국집, 좋은 기억, 맛

120

장군식당 (대구 지산동)

반려견 시대, 보신탕은 혐오의 대상이다.

개인적으로 동물 학대에는 찬성하지 않고 그리 보신탕을 즐겨
하지도 않는다.

다만 일의 특성상 어쩔 수 없는 상황 때문에 몇 해 전에 먹었던
보신탕. 그저 육개장과 비슷한 맛에 처음에는 좀 놀라웠고
그렇게 먼저 찾아가진 않지만, 먹을 수밖에 없을 땐 먹을 수는
있게 되었다.

지인의 추천으로 찾아간 노포 맛집 느낌의 장군식당.
저마다의 개성이 중요하고 수많은 권리와 권익에 익숙한 시대.
이런 식당을 찾는 사람들도 그 나름의 이유와 목적이 있음을.

미송분식 (대구 남산동)

분식집 아주머니의 목소리가 성우 목소리다.
다른 말이 아니라, 정말 분식집과는 어울리지 않을
'서울 말씨와 성우 톤'.
내가 만나 본 가장 어울리지 않는 장소와 목소리의 조합.
가끔 먹는 떡볶이 맛과 튀김보다 더 극적이다.

123

124

생수정(대구 가창)

깊어지는 가을날,
좋은 사람들과 함께 빗소리를 들으며 먹었던 숯불구이 닭갈비.
분위기와 맛, 좋은 사람들과의 아주 뚜렷한 추억으로 물들었던 시간

옛날어탕 (고령)

여름내 자주 다녔던 고령 신촌 유원지.
그 길을 가기 전에 보이던 어탕 집.

'어탕국수'에 대한 나의 추억은 아버지로 향한다.
아주 오래전 아버지와 함께 보은 쪽으로 낚시를 갔던 날,
고기는 잡지 못하고 국수나 한 그릇 먹자며 들렀던 이름 모를 어탕국수 집.
짜디짠 국물에 비린 민물고기 냄새로,
맛있다는 표현이 잘 나오지 않았던 기억들.

정작, 어탕국수를 좋아하게 된 날은 그날,
아버지와 함께 먹었던 추억 때문이다.
기억, 그리고 추억은 그 어떤 것보다 강렬하다는 사실을
다시금 깨닫는다.

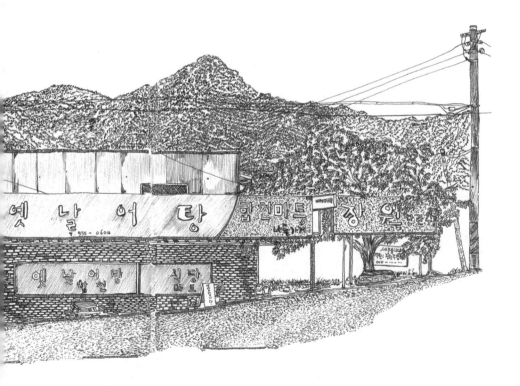

회성각 (대구 대명동)

처음 회성각의 탕수육을 먹었을 때, 두꺼운 탕수육에 놀랐다.
여전히 가끔 찾는 단골 중국집.
계명대학교가 성서로 이전하면서 돌계단의 전설은 사라졌지만,
회성각 주인의 친절함과 맛은 여전하다.

129

가창닭갈비

귀한 집사님 몇 분과 함께 식사하면서 알게 된 곳.
엄청난 양과 친절함,
그리고 여러 가지 재미있는 요소들로 가득한 닭갈비집!

PART 4

이야기

134

장기 결석자 심방

장기 결석자를 심방하기 위해서 골목길을 걷다가, 때로는 사람이 있는지 없는지 모를 공간 속에서 초인종을 울리며 하염없이 기다린 적이 있다. 있음에도 열어주지 않는 분들도 계셨고, 마음도 몸도 떠나 이제는 흔적을 찾을 수 없는 분들도 계셨다.

언제나 어떤 순간에서든 사람의 마음이 사람의 숨결이 깃든 곳에서 시작되고 멈춘다는 사실. 그래서 사람 냄새 나는 공간과 그 공간을 넘어 흐르는 시간의 냄새는 그윽하다.

반찬 사역

시간이 빠르게 흘러 4년을 반찬을 가져다드렸다. 마음의 병을 가지고 계신 권사님은 늘 새롭게 나를 바라보시며 고맙다고, 이런 거 안 줘도 괜찮다고 말씀하신다. 따뜻한 집사님은 늘 믹스커피 한잔하고 가라고 하시고 볼 때마다 새롭고 고맙다고 하시니, 이 세상 사람들과는 전혀 다른 '천사와 같은 분'이 아니라 '천사다'.

어려운 날에

사역을 그만두고, 어디로 갈지 몰랐을 시간.
가장 외롭고 경제적인 고통 속에서 하루하루 힘겹게 살아가던 순간.
여전히 하나님이 돌보고 계심을 '천사와 같은 사람'을 통해서
깨닫게 하셨다. 늘 고맙고 고마운 마음으로 바라보고,
작은 마음을 담아 드렸던 그림.
교수님, 늘 감사하고 또 감사합니다.

140

초등학교

　　품 안에 있던 아이들이 번쩍 들기에 벅찰 만큼 커져 버렸다.
　　가끔, 아니 자주 울컥하는 이유는 왜일까?
　시간이 지나며 아이들이 내 곁을 맴돌고 있음이 감격이 되는 건
공간과 시간의 함께함이 작아지는 것에 대한 반응.

아이들을 기다리며,
언제고 나를 기다릴 아이들을 기대하며.

142

초등학교 앞길

작지만 가장 따뜻한 심장을 가진 아이들.
그들이 지나가는 자리에 자리 잡은 참새 방앗간들,
좋지 않은 품질의 문구들, 불량 식품들조차도
그렇게 정겨울 수 없다.

첫 보금자리

한 번도 아파트에 살아본 적이 없던 나에게 첫 번째 아파트 생활은 꼭
닭장 안에 갇힌 느낌이었다. 아파트 평수 때문이 아니라 작든 크든 아
파트 생활은 마당과 하늘, 계절의 변화가 내 곁에서 떠나 있는 공간이
라는 느낌이었다.

겨우 숨을 쉬는 듯, 자꾸만 밖으로 나가게 되었고 집은 그저 숨 쉬는
곳, 아내와 함께 있는 공간, 그 이상도 이하도 아니었다. 그렇게 계절
을 몇 번 보내니 현실적인 아파트의 편리함이 온몸으로 느껴졌다. 우
선 겨울에도 춥지 않다는 것(물론 보일러 가스비 절약을 위해 냉골(?)로 지
냈지만), 쓰레기 처리와 도심 가까이 살아가는 이점들, 청소해야 할 것
들과 관리해야 할 것들이 작다는 것.
이런 시시콜콜한 현실적인 장점들은 아파트의 단점들을 잊게 했다.

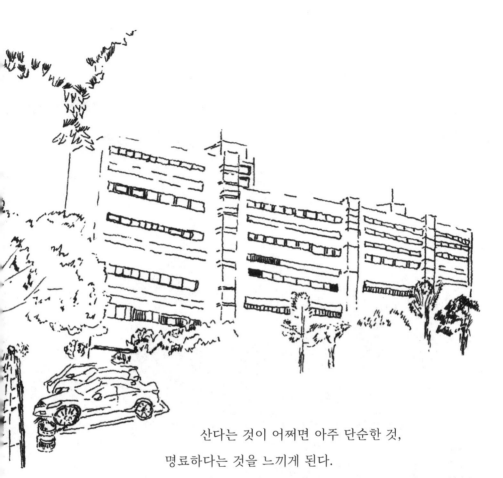

산다는 것이 어쩌면 아주 단순한 것,
명료하다는 것을 느끼게 된다.
무엇보다 사랑하는 아내와 처음으로 새로운 가정을 시작한 설렘이
있었던 첫 보금자리는 마음에 여전히 존재하는 현존하는 공간이다.

146

그해 여름날

눈을 감으면 자연스럽게 그려지는 풍경, 여름 햇볕이 작은 산봉우리에 멈추어 쉬는 곳, 황간 IC를 바로 지나는 부산행 경부고속도로 조수석 쪽으로 보이는 작은 시냇가. 그해 여름날에 나와 아버지는 그곳에 있었다. 발 딛는 곳마다 다슬기가 가득하고, 흐르는 시냇물 소리의 청명함처럼, 한여름에도 차갑기 그지없던 곳. 모조 피리 바늘을 끼운 채 던진 피리 낚시엔 순수한 눈망울의 포식자 참갈겨니가 연신 올라왔다. 빛나는 외모의 미끈한 몸매를 자랑하던 참갈겨니의 손맛은 그 어떤 낚시와도 견줄 수 없을 즐거움이었다. 이십 년 전, 그 어떤 디지털 놀이가 없었던 중학생 시절, 아버지와의 피리 낚시는 내 인생 속 가장 빛나는 즐거움이었다.

신데렐라 노래 속 1980년대를 처음으로 호흡하며 태어난 내게, 모든 자연은 자연스럽게 놀이터였다.

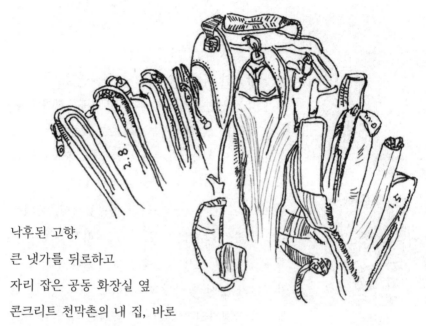

낙후된 고향,

큰 냇가를 뒤로하고

자리 잡은 공동 화장실 옆

콘크리트 천막촌의 내 집, 바로

그 시절 구슬치기, 나이먹기, 자치기, 쥐불놀이, 무수한 놀이는 내게 심
심함이 무엇인지를 잊어버리게 했다. 낙후되고 가난한 이들만이 살았
던 그곳 그 시절 담배와 야한 잡지는 동네 형들과 그들을 따라다니는
아이들에겐 너무 쉽게 만나는 익숙하고 자극적인 유혹이었지만, 적당
한 수준에서 빠져나와 다른 곳으로 향할 수 있었던 건 바로 여름날에
찾아오는 낚시와 물놀이, 물고기잡이 때문이었다.

아버지에게 처음으로 피리 낚시를 배운 중학교 3학년, 그해 여름날에 꽤 자주 아버지와 함께 해거름 하기 전 그곳에 있었다. 나중에 커서 알게 된 거지만, 아버지는 피리 낚시를 좋아해서라기보다 아버지가 그토록 좋아하던 붕어낚시를 할 시간이 없어, 대리만족을 위해 피리 낚시를 했다는 사실. 어쩌면 그해 여름은 그 고통스러운 판자촌을 떠날 수 있는 기반을 마련한 사업적으로 성공적이고 가장 자신감과 자존감이 높았던 시절이라는 사실이다.

2021년 어느 밤, 이내 아버지의 꿈을 꾸었다. 죽음 앞에서 살려는 의지를 끝없이 펼쳐내며 자신의 자화상에 관심이 있었던, 죽음 앞에서도 "계좌번호를 불러달라"며 구부정한 허리와 거친 호흡으로 내게 말했다. 면도기를 사 오라는 말에 자꾸만 가슴이 멈춘다. 우연히 바라본 창문 앞 너덜너덜한 수염 속 자기 모습에 하염없이 한숨을 쉬었던 아버지. 일회용 면도기로 자신을 가다듬으며 젊은 날에 창창했던 자신의 인생을 잠시라도 상상했을까. 그 순간 속에도 삶은 끝없이 흘렀다.

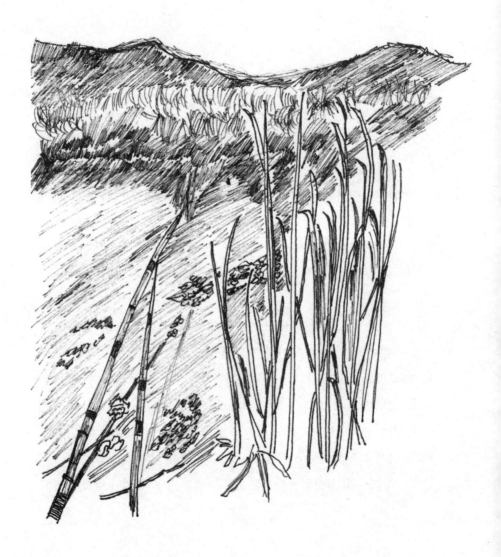

나는 그 삶에 던져지지 않았고, 놓여 있다.

죽음 앞에서도 그 죽음을 부정하던 아버지의 헛된 희망과 거친 과거의

고통, 자녀들에게 얹어준 상처로 얼룩진 자본주의의 그림자들조차도.

눈을 감고 다시 아버지를 만나 말하고 싶다.

낯선 사랑 고백이 아닌, 그저 고맙다고 말해 주고 싶다.

나의 해방일지

가끔은 음악 자체에 이끌린다.
아무리 생각해도 자신의 마음을 이해할 수 없을 때,
때로는 음악이 그 마음을 토닥이고 위로해 주는 순간이 있다.
〈쇼생크 탈출〉에서 '희망은 좋은 것이니,
좋은 것은 절대 사라지지 않는다'라는 대사도
생각이 난다. 소망도, 삶의 희망도
현실 사이로 헛된 바람처럼 흐르지만...
오늘 하루도 이 순간에서 잠시 희망을 품는 건
사치가 아닐 듯.

153

착함에 대해

돌아가신 아버지는 병상에서 '세상에 좋은 사람보다 나쁜 사람이 더 많더라'라고 말씀하셨다. 내가 아는 범주 안에서 아주 도덕적이거나 엄청난 윤리적 선함을 가지신 분은 아닐지라도, 세상에서 인정받을 만큼의 좋은 사람으로 사셨던 아버지. 그런 아버지의 냉소적인 고백은 '착하게 살고자 했던 사람들의 마지막 선명한 고백'과도 같아 마음에 계속 울린다.

'착함'이 무엇일까? 누군가는 자본주의 사회 속, 자본의 넘침으로 자신의 힘으로 소중한 사람들과 꿈을 위해서 기꺼이 헌신할 수 있는 능력이라고 말하기도 한다. 때론 적극적인 피해를 주지 않는 범위 안에서 자신의 삶을 살아가는 것을 소극적 착함으로 말하기도, 그렇지 않으면 이기적인 마음이지만 진짜 자신을 위한 삶이 이타적인 삶이기를 결단하고 그렇게 살아가는 삶을 말하기도 한다.

《효율적 이타주의자》에서 저자는 '쾌락은 잠깐은 소비하는데 즐겁지만, 지속적인 소비는 즐거움에 적응되어 더 지속적인 소비량을 원하기 때문에 한계가 있다'고 말한다. 또한 이타주의는 '자기희생이 아니라

155

자신의 특정한 관심사로 분류'하여 진짜 자신의 행복을 위한 선택 자체를 인정한다.

현실을 살아가는 평범한 사람으로, 지극히 이기적인 세상, 착함이라는 단어가 여전히 어리숙한 사람들의 핑계와 교묘한 자기합리화처럼 여겨지는 시대에서 자꾸만 묻게 된다. 착함의 결과가 어떠할지, 착함이 무엇을 의미하고 목적하고 있는지. 무엇을 몰라 물어보는 것이 아니기에 더욱 그러하다. 《악의 평범성》에서 아렌트가 실수했던 건, 너무 많은 것을 알고 평가했기 때문이지 않을까.

밤마실

조금 일찍 저녁을 먹고, 급하게 설거지를 끝낸 후 내복 바람에 두툼한 외투를 걸치고 차에 몸을 싣고 아이들과 함께 일상의 밤으로 들어간다. 아주 당연하게 지나가는 풍경 사이로, 다급해진 마음이 차분해진다. 급한 것 없는 인생인데 왜 그렇게 급하고 조급했는지, 아이들의 피부는 어떻게 변했고 마음의 움직임이 어떠한지, 언어와 단어의

차이 앞에 놀라지 말고 담담히 더 좋은 길로 인도해야 한다는 것을.

몇 해를 지금 이곳에서 살고 있다. 몸도 마음도 무거워졌고 변화는 두렵기만 하다. 오늘 여기의 삶 중심에서 이미 시간은 결코 변화를 요구하지 않고 수용적인 인생으로 남아 있다. 싸구려 어묵과 뜨거운 국물 한 모금으로 충만해진 이 시간, 어쩐지 사람이라는 존재가 가진 미끄러지는, 흐물거리는 불편함을 느낀다.

아이들

아주 어렸을 때는 몰랐다. 아버지가 된다는 것,
부모가 된다는 것에 대해.
나아가 육아가 무엇인지, 아이라는 존재가
어떤 숨결인지, 단순히 나를 닮은 설명할 수 없는
존재가 시간과 공간을 함께한다는
의미가 무엇인지.

　　자녀를 '영혼이 잇닿은 존재'라고
말하지만, 자라는 아이들을 보면 조금씩
육신의 약함과 정서적인 스스로의
한계를 느끼게 된다.
　　돌아서면 나는 그대로, 아이는 소리
없이 너무 커 버려 후회와 아련한
아픔이 가슴을 움켜쥐게 한다.
　　어쩌면 시간은 사라지고

잡을 수 없는 삶 속에서도 아이들은
현존함으로 영원히 함께 있을 것이라는
마법에 갇힌 것은 아닌지.

소중한 아이들을 그윽하게
바라보게 된다.

집에 대하여

인간이 바라는 삶은 '그림 같은 풍경'을 지속적으로 살아가는 것이다. 하지만 주어진 모든 공간이 특별하게 느껴지는 건, 새로움이 일상이 된 이후에 사라지는 마법과 같다. 익숙함은 진부함이 아니다. 평범한 우리의 거주 공간은 '우리가 살고 싶은 안정적인 호흡'이 깃들어 있는 곳이다. 그럼에도 최소한 인간이 살고 싶은 마음과 인간의 본성이 조금이라도 더 부드럽게 변할 수 있는 '여유 있는 공간'이 필요함은 분명하다.

이것은 단순히 집이 크고 넓고 무수한 즐거움과 대단한 재화의 능력을 통해서 많은 것을 채운 집을 말하지 않는다. 분명히 자연과 벗할 수 있는 작은 마당과 사람과 사람이 편안하고 안전하게 만날 수 있는 전체적인 주거환경, 나아가 즐기고 쇼핑하며 편안하게 무엇인가를 누리는 가시적 공간은 중요하다. 하지만 집이라는 공간과 우리가 어울리는 모든 곳에서 상품적인 시각과 소비적 자아로 '집을 대면하고' 그것을 누리려 한다면 그저 넓은 평수와 자신들이 원하는 것들을 채운 자극적인 공간으로만 존재하게 된다.

집은 인간의 정서가 밀접하게 만나는 곳이다. 더불어 사람이 자신들의 삶을 이야기하며 추억을 만들 수 있는 곳이어야 한다. 단순히 정원이 필요하다는 것이 아니라, 정원이 없으면 서로가 부드럽게 만날 수 있고 대화할 수 있는 시간이라도 주어질 수 있는 공간이 있어야 한다는 것이다. 물질적인 여유가 그것을 만들어 주고, 재화의 능력으로 그런 집을 만들 수 있다고 생각한다면 오산이다. 오히려 물질을 넘어 인간이 그 물질을 통해서 인간 본연과 사랑하는 이들과 더불어, 지극히 지속적으로 지켜나가야 할 사람들과의 관계를 건강하게 유지해야 할 사명을 다하는 곳이 바로 집이라는 공간이다. 그런 면에서 최소한의 공간을 꿈꾸는 것은 잘못된 것이 아니다.

사람답게 살 수 있는 곳, 바람이 지나가는 소리를 들을 수 있는 공간이 좋을 것이다. 작은 나무 하나라도 심을 수 있는 마당이 있고, 잡초라도 자랄 수 있는 생명의 흙이 있다면 더 바랄 게 없을 것이며 지나친 밝음이 아닌, 작게라도 어둠이 내려앉을 수 있는, 착한 어둠이 찾아올 수 있는 조금 불편한 문명의 낯선 곳에 거하는 것도 어린 시절에는 좋을 것이다.

그래서 아이들이 자라고 커가면서 자신들의 손길이 닿는 곳에서 자신들의 추억을 만들고 대대로 이어져 내려가는 가족 안에서 생명의 흔적들을 남길 수 있는 집이 있기를 기도하는 것은 자본주의적 욕심은 아니다. 점점 더 안락한 삶을 위한 집이 아니라 사람의 숨결이 자라고, 사람답게 노닐 수 있는 공간이 있는 집을 바라게 된다. 그것은 어쩌면 에덴동산을 떠난 인간의 가장 존재론적인 집에 대한 애착이 아닐까, 생각해 본다.

우리는 공간에 갇혀 있다. 시간은 영원 속에 깃들어 있어 우리에게 보이지 않는다. 그러나 공간은 우리를 감싸고 있으면서도 자신을 보여준다. 그래서 우리는 늘 공간에 목말라한다. 편안한 쉼터, 자신의 꿈을 펼칠 수 있는 작업이 가능한 공간, 나아가 의지가 실현될 수 있도록 자신의 꿈을 만들어 주는 즐거움과 이상적인 자극을 주는 공간을 그리워한다. 르네상스의 발흥으로 예술적 작품과 더불어 공간에 대한 지속적인 창작 욕구와 놀라운 건축과 예술의 풍요로움이 일어난 것은 결코 우연이 아니다. 인간의 존재적 근원은 공간을 벗어날 수 없다는 것은 검증된 진실이며 진리의 한 요소이다. 그래서 우리는 공간을 지속적, 창조적으로 빚으며 사람이 사람답게 살 수 있도록, 누릴 수 있도록 만들어야 할 의무가 있다. 고상한 품격을 가져야 인간인 것은 아니지만, 인간답고 인간다움을 누리기 위해서 품격과 참된 인간됨이 필요한 것과 같은 이치다.

그렇다면 어떻게 우리가 살아가는 숨결의 공간을 바꿀 수 있을까. 첫 번째로 우리는 늘 지속적으로 자신이 숨 쉬는 곳에서 '물질적인 쉬운 해결의 방법'으로서의 공간 창조가 아닌 '여유, 여가, 창조, 누림, 거주함'을 중심으로 한 건축의 기본 토대 위에 그 공간이 지향해야 할 가장 온전한 목적을 깊이 묵상하여 창조적으로 나아가야 한다. 종교개혁 시대, 설교의 단상이 가장 높은 곳에 우뚝 솟은 이유는 '그 의미의 함의'

를 넘어 당시의 시대적 맹점을 깊이 통찰하여 뿌리를 끊으려는 의식적 결단이었다. 특정한 것들이 진리라는 것이 아니다. 그 시대적 상황에 맞는 움직임이 있었다는 것이 중요하다. 집이라는 공간이 거주 공간으로서의 의무와 의미가 사라진 시대다. 집보다 더 좋은 차를 타고, 재정적인 여유가 있을 때 명품 아파트와 전원주택이라는 이름으로 독립적인 공간의 창조를 통해서만 '의미 있는 공간'을 만들 수 있다는 생각은 너무나 진부한 답이다. 건축가 르 코르뷔지에의 고백을 들어보자.

"따라서 우리는 인간과 물질의 관계에서 발생하는 문제가 아무리 복잡하다고 하더라도 해결하지 못할 불가능이란 없으며 모든 갈등이 해소될 수 있다는 사실을 깨달아야 한다. 신념을 가지고 문제를 탐구하면서, 모든 물질, 기술, 생각을 향해 손을 열어야 한다. 만족할 수 있고 행복할 수 있다. 돈을 들이지 않고도 내 말이 맞지 않은가?"

정약용의 '여유당'은 자신의 삶을 위한 참된 흔적을 나누고 그렇게 살기 위한 몸부림이다. 가우디의 작품을 보라. 자신의 조국을 위한 신념과 가장 기본적인 재료를 가지고 놀라운 창조물을 만들어 냈고, 그것은 이후의 사람들이 여전히 완성해야 할 작품으로 만들어지고 있다. 우리가 살아가는 공간을 봐야 한다. 거기에 진정한 쉼이 가능한가. 그저 물질적인 도구를 통해서 즐기는 공간이지 않는가. 사람이 사람답게 사람으로서의 교제를 나눌 수 있는 시간적 여유를, 최선을 다해서 만들고 있는가. 커피 한 잔, 차 한 잔의 여유가 없을지라도 그것을 일으키는 작은 쉼을 허락하고 여백의 미를 가진 공간으로 그곳에서 살고 있는가 물어야 한다. 교회는 어떠한가. 그곳에서 참된 진리가 선포되고 있음은 당연하고, 진리를 받아들이는 이들이 그 진리 안에서 살 수 있도록 그 진리를 향유할 수 있도록 사람으로서의 마음을 누릴 수 있도록 만들어지고 있는가를 물어야 한다.

167

꽃다발

"사랑을 담은 시선이 꽃을 구원한다"는 한병철 교수의 고백대로,
모든 생명 있는 존재는 사랑이 필요하다.
사람은 다시 말할 필요가 없겠지.

사랑하는 사람들의 삶이 활짝 피어나길.

내일은 꼭 먹어야지

턱 밑에 가져다줘도
먹고 싶은 마음 없으면
몸도 마음도 홀가분하다.

내 것이라는 말할 수 있는 건
바라는 것이고
원하는 것이 아닐까.

무엇을 바라는지
무엇을 원하는지
달리 알 길이 없을 때,
무척이나 다른 마음이 들더라.

식음을 전폐하고
무력한 자신을 되돌아보면
마음에 담기는 메시지 하나,
'내일은 꼭 이것 먹어야지'

사람은 이토록 단순하다 못해

모자란 듯

순간적인 삶이다.

즐거움에 대하여

즐거움. 우리에게 익숙하고 좋은 이 단어를 싫어할 사람은 없다. 하지만 생각보다 이 즐거움을 어떻게 설명하고 정의한다는 것은 '사랑'만큼이나 쉽지 않으며, 선명하지만 왠지 '구체적인 모양'으로 말하기가 어려운 것도 사실이다. 하지만 분명한 건 사람이 누리는 모든 즐거움은 '어떤 조건' 속에서 주어지는 것이라는 사실이다. 그리고 그 조건은 저마다 다르고 채우는 방식과 그것을 누리는 마음과 자세도 다르다는 것이다.

특별히 대단하지 않아도 아주 사소한 것으로 즐거움을 누리는 사람이 있는가 하면, 특정한 것을 추구하고 그 뚜렷한 목적을 이루는 것에 인생 자체의 기쁨을 던지는 사람들도 있다. 여행자의 마음으로 여행하는 자세와 마음이 여행 전체의 즐거움을 좌우한다는 한 작가의 고백으로 본다면, 어떤 삶이든 인생 자체가 목적 지향적이지 않겠지만, 사실상의 현실은 결국 '이뤄져야 할 것'들은 이루어져야 즐거움과 조우할 수 있음도 분명하다.

라틴어로 즐거움이란 '함께하다'라는 뜻을 가지고 있는데 어쩌면 즐거움은 '무엇과의 만남'이라고 말할 수 있다. 그 만남이 무엇이든 우리는 그것을 향하여 살아가고 거기에서 '영향'을 받게 될 것이다. 더불어 가우디움(라틴어로 즐거움), 즐거움은 현재 어떤 것을 소유하고 있거나 장차 소유할 것이 확실시될 때 영혼이 느끼는 즐거움을 뜻한다. '확실히 누릴 수 있게 될 것에 대한 마음의 너그럽고 벅찬 마음의 함께함.' 그렇게 정의할 수도 있겠다. 바로 이런 마음을 아주 잘 고백하는 앤의 고백이 귓가에 소곤거린다.

> "가장 즐거운 날은 굉장하거나 근사하거나
> 신나는 일이 생기는 날이 아니라 목걸이를 만들 듯이
> 소박하고 작은 즐거움들이 하나하나
> 조용히 이어지는 날이라고 생각해요."
> _《에이번리의 앤》 중에서

이 즐거움은 너무나 당연하지만 결국 하나님이 주시는 것이다. 하나님이 주시는 기쁨은 한계가 없는 창조라면, 인간의 기쁨은 창조와 한계의 결합이라고 말할 수 있을 것이다. 우리의 한계는 기쁨의 조건이며,

하나님의 기쁨은 그 한계를 초월하여 우리에게 다가오는 것. 그래서 우리의 즐거움은 끝이 있지만, 하나님이 주시는 기쁨은 영원히 마르지 않는 샘과 같다. 그런 면에서 우리의 즐거움 그 자체를 온전하고 새롭게 만드는 작업이야말로 가장 소중한 '인생의 온전한 길'을 만드는 작업이 아닐까 한다.

우리의 즐거움은 끝없이 이어진 하나님과 연결되어야 한다. 하나님은 영원히 우리의 목마름과 갈망의 가장 근원적인 해결이기 때문이다. 소유할 수 없는 그 영원한 즐거움이 오늘 현재의 마음, 우리 깊은 곳에서 울리기를 바라는 것은 너무 큰 소망인지 모르겠지만, 우리는 그런 인생을 살아야 한다. 잠언의 고백대로 마음의 고통도 즐거움도 타인이 참여하지 못한다.(잠언 14장 10절) 결국 우리의 삶이며 몫이며 우리의 시간이다. 그러나 그 모든 것에 하나님이 참여하시고 함께하시며 놀랍게 다가오신다. 진짜 즐거움, 유쾌함은 거기에서 시작되며 그 속에서만 누릴 수 있다.

175

빈 들

세례 요한은 자신의 모든 인생 대부분을 빈 들, 광야에서 보냈다. 그곳
은 사람이 사라져 버린 외로움과 고독의 시간, 사람들의 소리보다 짐
승과 고통의 울부짖음이 더 가까이 들리는 곳. 현실이라는 빈 들, 여전
히 광야 같은 지금 이 순간. 사람도 하나님도 사라진 듯한 공허한 곳.
고통과 눈물만 깃들어 있는 바로 그곳. 우리에게는 저마다의 빈 들이
있다.

하나님만이 계신 곳은 '사람이 필연적으로 거부하는 곳'이다. 하나님만
을 바라볼 수밖에 없는 순간, 인간은 가장 인간적인 냄새를 풍긴다. 세
례 요한의 빈 들의 삶은 바로 그곳에서, 진짜 자신을 버리고 하나님께
찾아진 참된 사람으로서 변화되어 가는 공간. 우리에게도 필요한 진짜
변화의 시간이다.

빈 들에서 사람은 사람이 아닌, 하나님의 사람이 된다. 빈 들은 가장 외
롭고도 벅찬 공간, 고독을 넘어 참된 동행이 무엇인지를 아는 곳. 우리
에게 필요한 공간은 우리의 필요가 아닌 하나님만이 채워진 빈 들이다.

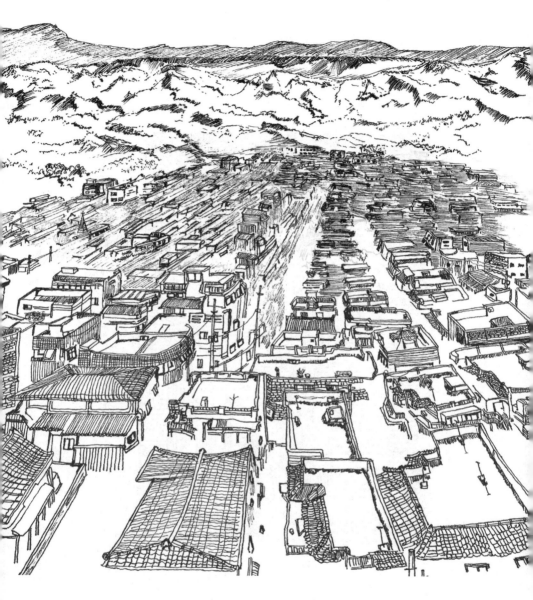

※ 이 내용은 노래 〈여전히 빈들에 있습니다〉로 만들어졌다.

지혜로운 표현

어린 시절,
쌀이 부족해 쌀을 사러 가던 어머니.
어디 가냐는 말에
"쌀 팔러~"
어머니의 이상한(?) 말.

"당연한 것,
목숨과 같은 것이라
사는 것이 아니라고"

그렇게 역설 속에 있던
지혜로운 표현들.
그 속에 담긴 짙은
인간적인 따뜻함과 애틋함.

고백

천천히, 그래도 괜찮아
너무 애쓰지 않아도 돼.
지금도 충분하니
마음 쓰지 않았으면 해

아프도록 노력하지 않아도
전쟁처럼 살지 않아도
결국엔, 있어야 할 곳에
있고 싶은 곳에 있게 될 거야.

착하게 살았던 너에게
부드러운 손길 내밀던
따뜻한 너에게는
꼭 말해 주고 싶어.

오래지 않아 깨달을 거야
점점 더 너에게 다가오는
가장 진한 향기,
출렁이는 벅찬 가슴을.

괜찮을 거야.
꼭 너에게 말하고 싶었던 말.
누구도 말해 주지 않았다면,
지금 너에게 말하고 싶어.

PART 5

공간

희망슈퍼

서글프지만 지극히 당연한 현실적 고백, 파랑새는 없다. '희망'이라는 단어 앞에 우리는 좌절의 경험과 근본적인 질문을 하게 된다. 과연 희망이라는 것이 무엇일까? 바라고 원하는 것들이 이루어지기를 갈망하는 것? 순수한 열망으로 가득한 존재의 울림? 어쩌면 당연히 되어지지 않을 일들을 향한 환상에 가까운 유토피아 안에서의 허무와 가까운 이상적인 동경.

어느 날 스치는 곳에서 만난 '희망슈퍼', 그곳에는 희망도 사람의 삶도 없어 보였다. 그럼에도 다가오는 전혀 다른 따뜻한 마음과 감정, 어쩌면 너무 당연한 절망 속, 그저 존재하는 희망 앞에 가슴 시린 환상 속에 들리는 고백. 희망슈퍼는 언제나 우리 마음에 존재한다.

"절망의 반대말은 희망이 아니라 신앙이다."

_키에르케고르

184

185

시골수퍼

정확하게 기억나지 않지만 영양으로 가는 국도 어디쯤 있었던 '수퍼'.
그 기능이 사라진 듯 허물어진 모습.
그럼에도 누군가에게는 그 시골에서 만나기 어려운
그 무엇인가를 채울 수 있는 곳이 아닐까.
"아무것도 아닌 것은 없다"라는 진실.

단밤

단밤. 달달한 밤. 유령처럼 찾아왔던 공포, 가위눌림, 이런 모든 것들
은 이제 피곤이라는 이름으로 사라진 지 오래다.
가끔은 너무 피곤한 새벽 미명에 그늘진 그림자에 번뜩 놀라운 마음 가
라앉히는 경우를 제외하면 '피곤'은 지쳐 잠들게 하는 이끌림을 준다.
지금 내게 달달한 밤은 '하루 종일 지독하게 차가웠던 현실'에서 아주
따뜻한 아이들의 살결과 눈빛 속에서 잠드는 순간, 겨울에만 느낄 수
있는 차가움과 포근함이 뭉글뭉글하게 함께하는 바로 그 순간이다.

189

시차 적응(제주 소리소문)

현실의 시간이 멈추고 느껴보지 못한 시간이 흐른다.

새로운 곳, 낯선 시간.

그렇게 시간은 일상의 시간을 밀어내고 삶의 방식을 새롭게 한다.

나는 멈춰져 있다.

그리고 삶은 흐른다.

그렇게 시간은 점점 다른 방식으로, 다른 모습으로 내게로 향한다.

현실을 적응하지 못하는 것은 현실이 내게로 향하지 않기 때문.

현실은 그대로 삶은 아직 멈추지 않는다.

그렇게 오늘도 현실과 다른 삶의 시간이 내 곁에서 흐르고 있다.

192

NAMED HAIR

오래된 전통 가옥을 그대로 살린 현대적인 미용실.
왠지 잘할 것 같은데 아직은 한 번도 가보지 못한 곳.
새로운 곳에 발걸음하는 것이 점점 더 어려워지는 건 나이 탓일까?

미래여성병원

나이가 들어갈수록 병원은 가까이, 병은 소문내라고 한다.
아내의 정기 검진이 있던 날, 항상 조금의 떨림 속 검진을 끝내고 '다행
히'라는 마음의 안도와 함께 '아내가 무조건 더 건강해야 하지'라는 혼
잣말이 나온다.

첫 번째 아들을 신비롭게 바라보았던 병원, 이제 세월과 벗하는 아내
와 함께 조금 더 깊은 시간으로 들어가고 있다.

행복한 공간

공간과 사람이 만나 눈부신 시간을 만들었다.
오랜만에 느껴보는 사람과 사람 사이에 흐르는 행복한 분위기,
완벽하지 않은 사람들이 모여 온전한 시간을 만드는 마법.

평온하고 질서 잡힌 아름다운 시간, 감사하고 또 감사하다.
'귀한 장소를 허락해 주신 장로님과 권사님께 감사드립니다.'

197

앞산크리닝세탁

모든 곳에 존재하는
특정한 건물,
스치는 일상.
그러나 누군가에게
가장 필연적 공간이자
삶을 지탱하는 운명이 달린 곳

효천추모공원

사람의 삶은 '기억 속에서' 영원히 존재한다.
영원이라는 현재는 '기억'을 통해서 생명을 얻고
지속적인 현존으로 생명을 이어간다.
진정한 서사는 아주 개인적인 삶이며,
그 서사는 결국 기억이라는 이름으로 시간의 흐름을 통해
늘 새롭게 변화된다.
사랑의 기억은 영원하다.

201

202

평일당

사라져 버린 의미
허물어져 버린 공간
그럼에도
그곳에 거하는 사람에게
그곳은 생명의 보금자리,
완벽한 곳

월드마트

아이들의 방앗간
우리 모두의 추억이 담긴 이름.
학교 앞, 문방구

205

오복점빵

몇 개월 만에 그린 그림에 둘째 아들의 말, "아빠의 그림 실력이 떨어진 것 같아". 부정할 수 없는 사실에 헛웃음만 나오고, 아내는 '병이 시작된 건가'라는 엷은 미소를 슬며시 짓는다.

더 발전하지 않고, 더 깊어지지 않은 그림 실력. 배우지 못한 것이라서 그런지, 원래 그 정도가 한계인지, 아니면 정체인지 모르지만 정작 짬을 내어 그린 나의 그림에 애정이 가는 건, 그림을 그리는 나만의 착한 이기적인 마음이라고 할까.

대단하지 않아도, 그다지 자랑스럽진 않지만 덕스럽고 어여쁘게 보는 마음. 그렇게 나도, 주변부도 바라볼 수 있다면 괜찮은 마음이라는 생각이 든다.

세명재단소

천천히
조금 천천히 가도
괜찮아.

유일약국

아프지 않았으면 좋겠지만
때로 아프게 되는 게 삶이라
조금 아프기를 바라지만
적당한 아픔은 없더라.

기쁨도 아픔도
적당하지 않고 언제나 넘치고
감당할 수 없을
강함으로 다가오니.

가끔은
적당하게 괜찮은 시간이,
유별나지 않은 이 시간이,
찬이 없는 일상의 밥상이
그렇게나 맛나고
어여쁘다.

211

국립제주박물관(제주여행)

놀멍, 쉬멍, 배울멍(?)...
시간이 많이 없어서 많이 보지 못했지만
미디어를 통한 제주에 대한 이해도,
아이들이 체험할 수 있는 부분들도,
세심하고 알차게 준비되었던 곳

213

몽골 풍경

몽골 시내에서 조금 떨어진, 우리나라로 비유한다면 도심에서 약간 벗어난 작은 소도시의 외곽에 있었던 가정집. 집 뒤로 푸른 작은 산들과 정리되지 못한 마당이 인상적이다. 우리에게는 땅이 참 좁고 얻기 어려운 것인데, 그들에게 땅은 늘 있었던 공간 그 이상, 이하도 아니게 느껴진다.

215

백조씽크

가끔 스치는 풍경들. 사람은 보는 것을 통해서 자신을 증명한다.

자기 눈에 안경이다. 보고 싶은 것을 보며, 자기가 원하는 것을 원하는 것이 인생이다. 중요한 것은 그가 선택하는 것, 추구하는 것이다. 생각과 결과가 다르지 않으며, 영혼의 본질과 그의 누림이 하나다. 롯은 아브라함에 의존하여 살다가 그와 함께한 시절 이후, 그를 떠나게 된다. 재물의 풍요로 그들은 헤어지게 되고, 이 풍요 앞에서 롯은 자신이 원하는 것을 직면하게 된다. 그것은 독립이며 풍요다. 자기 의지로 살아가고자 하는 독립과, 자신이 가진 것을 지키고 더욱 풍요롭게 유지하고 싶은 욕구가 만나 롯을 '소돔과 고모라'로 인도한다.

아브라함은 롯에게 먼저 '선택권'을 주지만, 두 가지 선택지와는 다른 선택지가 있었다. 그것은 머무는 것이다. 아브라함은 롯이 그의 곁에 머물기를 원했을 것이다. 목자들의 다툼과 어려움은 있을지라도 다른 방식의 해결점과 선택지를 찾을 수 있음이 진정한 지혜이며, 하나님의 통찰력이 깃든 선택이며, 온전한 선택이다.

정확하게 말할 수 없지만(아브라함이 무엇을 원했는지), 다른 방식의 해결책을 찾았다면 롯은 자신의 모든 것을 잃어버리지 않았을 것이다.

아이러니는 롯이 원했던 것을 위해서 선택한 곳에서, 모든 것을 잃어버린다는 것이다. 소돔과 고모라는 모든 것이 풍요로운 곳처럼 보였고, 사실이었지만 그 사람들은 '죄가 가득한 존재들'이었다. 롯은 볼 수 있는 것을 보았고, 보고 싶은 것을 보았지만 보아야 하는 것은 보지 못했다.

롯이 떠나고 하나님은 아브라함에게 찾아와 약속하신다. 하나님은 지혜로운 독립보다 어리석은 의존을 좋아하신다. 미련스럽게 보이는 이 아브라함의 선택은 수많은 자기 의지, 힘과 능력을 과시하는 현대사회에서 이해할 수 없는 수동성이다. 거룩한 수동성, 이것이야말로 신앙이며 참된 힘이다.

아우구스티누스 수도원 (루터가 머문 곳)

"사람은 기도와 묵상과 시련으로 신학자가 될 수 있다."

_루터

새벽 1시 45분에 기상, 오전 2시에 종을 치고 30분 이상 기도, 새벽 4
시에서 6시까지 예배를 드리며, 오후 1시 45분까지 노동과 기도와 강
독을 해야 했던 '수도원 생활'.

그 생활 속에서 그가 자연스럽게 배운 것은 사람의 한계와 은총의 희미
하지만 강렬한 빛이었다. 우리의 모든 경험, 모든 삶의 장소는 결국 우
리를 만들어 내는 하나님의 도구임을 잊지 말아야 할 것을.

220

성덕슈퍼

사라질 것 같은
그러나 그렇게 존재하는 모든 것들.
어쩌면 모든 건,
사라지는 것이 아니라
잠시 멈추어져 있는 건 아닐까.

MaKada

지인의 친구분이 건강상의 이유로 운영하는 정든 가게를 접게 되었다는 소식에 위로와 격려의 의미로 그림을 부탁받았다. 한 번도 본 적은 없지만 마음을 담아 편지와 그림을 보낸다.

"처음처럼 행복했던 그 순간이 어려운 시간을 넘어 가까이 찾아오기를 기도합니다. _고미정 님께"

그미쳐있게
가도앉더니다.
나갔다호가니
넘어, 가까이
여자은 서 있는
그사로 같이
향을그 했었다
천소처럼,

도순할인마트(제주여행)

어디든 일상적인 풍경들은 존재한다.
모두에게 삶의 여백은 주어지고
해석할 필요 없는 평범하지만 괜찮은, 삶의 풍경들은 이미 우리 곁에
있다.

여행의 마지막, 돌아오는 길에 느끼는 마음...
일상과 이어지는 것이 낯설고, 어렵지 않은 여행이었고...
그래서 가장 괜찮은 여행이지 않았나 싶다.

인쇄골목길 (대구 남산동)

출근길 늘 지나치는 풍경.
아주 유심히 보지 않으면 변화가 감지되지 않는다.
적당한 관심으론 적절한 삶은 유지할 수 있겠지만,
풍성한 삶은 만들 수 없다.
내가 가는 길 위에서, 나의 삶은 적당하지 않을,
적절하고 채워진 삶이기를 바랄 뿐이다.

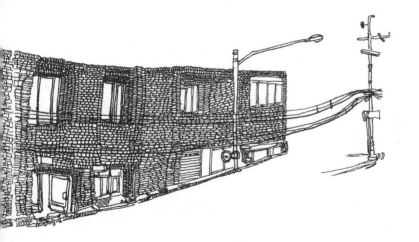

새마을구판장(의성)

자주 찾아가는 의성 캠핑장 앞 시골스러운 풍경.
많은 사람들이 찾아주지 않아도,
대단하지 않아도 괜찮을 풍경.

한아름 문구서점완구 (대구 대명동)

동네 산책길에 만난 아이들의 놀이터를 보며 '놀이터'에 대해서 생각해
본다.

인생은 놀이의 연속이다. 삶은 지속적인 즐거움을 위한 추구다. 어린
아이부터 시작해 어른에 이르기까지 생명 있는 모든 존재는 자신들의
고유한 삶의 양식을 넘어 '스스로를 내려놓을 수 있는 즐거움의 공간'
을 찾는다. 아이들에게 첫 번째 놀이터는 엄마의 뱃속이다. 그곳은 그
어떤 외부적인 조건의 즐거움이 있음이 아니라, 존재와 존재가 만나
서로가 하나로 이어져 그 공간 속에서 오롯이 수동적인 사랑과 완전함
을 경험하는 공간이다. 즐거움은 이타적으로 다가오고, 완전한 수동성
으로 경험된다. 그러나 그것은 유일한 완벽한 공간으로서 그 생명에게
주어지는 단 한 번의 물리적 공간이다. 그곳을 떠나는 것은 에덴을 떠
나는 것과 다르지 않다. 그러나 놀이의 핵심은 바로 존재가 커지면서
그 존재가 다른 공간에서 자신을 찾고 그와 더불어 어울릴 수 있는 이
들과 교제하면서 얻게 된다는 것을 다시금 설명한다.

지속적인 교육에 대한 강압적인 스트레스와 억압된 삶의 조건들을 통
해서 인간은 고유한 자아를 찾아가는 여행으로서의 놀이를 금지당하게

한아름 문구 서점 완구

231

된다. 바로 그 억압과 고통 속에 해방되기 위해서 인간은 '쾌락적 도구로서의 즐거움의 유희'를 만들었는데, 그것의 대표적인 것이 '미디어'다. 미디어의 세계 속에서 우리는 즐거움의 주체가 되지 못하고 객체가 되어 그저 만들어진 즐거움에서 타자가 되어 의식을 잃어버린 존재로 전락한다. 미디어 속에서 자신을 찾는 이들은 자신이 어떠한 존재가 되어야 하는지, 나아가 자신이 어떤 존재로 존재해야 하는지에 대해서도 혼돈하게 된다. 그들에게 놀이는 자신을 점점 죽이고, 자신이 아닌 삶으로 비참하게 끌려가는 것으로 만족하는 노예적 즐거움이 되어버린다. 이런 즐거움을 강요하는 집단은 자본주의 사회다. 자본주의 핵심은 '인간성'을 파괴하고 도구로 만들어 자본의 축적을 한 개인에게 몰아주는 것이다.

이 자본주의는 '놀이'에서 나타난다. 그들이 주는 놀이는 '재화'를 통해서 선택하는 기계적인 놀이다. 존재가 가진 독특성은 배제되고 인간성의 존엄함은 '선택할 수 없는 고통' 속에서 사라진다. 오늘날 거대한 기계적 삶은 우리의 결과적인 삶에서도 나타나고 인간적인 즐거움을 누리기에는 너무 많은 부족함을 느낀다고 스스로에게 마법을 걸어놓

았다.

이런 세상에서 우리는 어떻게 다시금 새로운 삶을 창조하고 현실을 다르게 살며, 온전한 즐거움을 회복하는 놀이를 구상할 수 있을까.

PART 6

풍경들

반찬 사역

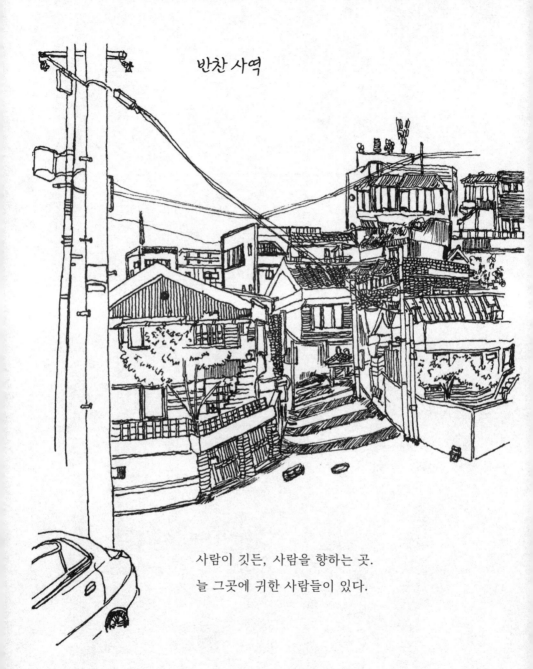

사람이 깃든, 사람을 향하는 곳.
늘 그곳에 귀한 사람들이 있다.

그림(대구 동성로)

아내가 결혼하기 전부터 다녔던 소품 가게.

자리는 옮겼지만 그래도 여전히 괜찮은 것들이 아름아름 있는 곳.

딸아이가 생겨 가장 좋은 건 아내의 즐거움이 이어진다는 것.

남부교회 뒷모습

'뒷모습에 진실이 있다'는 미셸 투르니에의 고백대로 소중한 공간,
삶의 터전, 귀한 시간을 함께하는 그 이름. 남부교회

239

240

테렐지 (몽골 선교)

테렐지. 몽골 여행의 상징.
광활한 푸른 빛과 멋진 바위산들이 가득한 장관들,
말을 아주 쉽게 다루는 몽골 사람들이 지속적으로
관광객들을 태우고 짧고도 긴 구간을 산책(?)하는 곳.
　　　　생애 한 번은 꼭 봐야 할 곳이라는 생각이
　　　　들었던.

안익사(대구)

날씨가 좋으면 찾는 도시 속 고요한 산책로, 그 속에 있는 안익사.
잠잠히 있으면, 소박하지만 소로우의 마음이 느껴진다.
자연과 가까이 살아가는 것이, 고요와 벗하는 것이 진짜 인생이 되는
유일한 길임을.

부산광역시

보이는 작음이 진실이 아니다.
보이는 작음은 보이는 것!
진실은 가까이 가야 아는 것.

그럼에도, 높은 곳에서 바라보는 시선 속
많은 것들을 새롭게 볼 수 있음은 분명하다.

적당한 거리감의 필요
너무 가까워 제대로 보지 못하는 것들
지나치게 멀어 보이지 않는 많은 것들

사람도, 삶도, 신앙도...
적절한 거리감이 필요치 않을까.

244

245

함양 풍경

대구에서 가까운 함양 상림. 늘 자주 찾는 곳이다.
걷기, 짧은 산책이 모두 즐거운 곳

인간은 바라보는 삶을 산다. 보아야 할 것이 필요하고 상상할 수 있는
곳에서의 삶을 원한다. 더불어 실용적인 것을 넘어 감동을
경험할 수 있는 자연적인 공간을 원한다. 풍경이 없다면
어떻게 살아갈 수 있을까.
인간에게 허락된 최악의 공간이 감옥인 이유는,
그곳이 자유가 없음을 넘어 어떠한 풍경도 바라볼
수 없기 때문이다. 딱딱한 콘크리트 외에는
어떠한 자연적인 빛도, 변하는 자연의 풍경들을
감상할 수 없기 때문이다. 물론 인간적인 관계라는
공간의 풍경도 없다. 이것은 현대 문명이 집단적 주거를
통해서 인간적 삶을 빼앗았음도 꼭 유념해야 한다.
풍경을 잃은 인간의 삶은 그 자체가 감옥과 다를 바 없다.
공원이라는 공간을 설계하여 그러한 한계를 이겨내기 위한
노력은 상당한 긍정의 효과가 있겠지만 결국 돌아가야만 하는 곳,

지속적인 삶의 공간 없이는 그 자체는 단순한 임시방편일 뿐이다.

인생은 순간을 사는 지속적인 시간의 연장이다.

통영 풍경(동피랑)

여행의 즐거움은 새로운 풍경을 가슴에 담는 일.
몇 번을 갔었지만 정작 제대로 보지 못했던 동피랑 마을.
높은 곳에서 바라본 동피랑.

시끌벅적, 여행지의 사람들 때문에 동피랑 마을의 거주자들은 불편하
다는 뉴스를 본 적이 있다.
그들에게는 삶의 터전, 현실의 자리.
조용히 그들의 집 앞에서 그들의 삶을 생각해 본다.

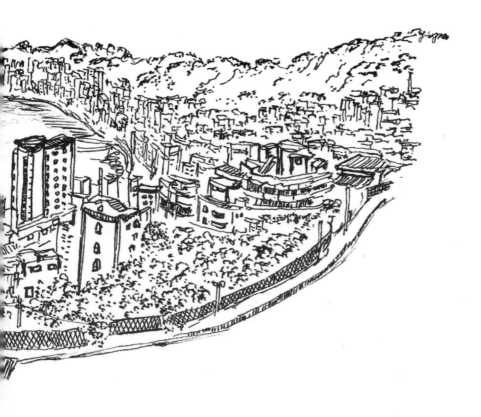

251

여름 풍경(김천)

오랜만에 찾은 여름날 고향. 그 길에서 보았던 풍경

베다니상회 (고령)

오래된 풍경들에 끌린다. 끌린다는 표현, 어떻게 보면
좋은 의미이지만 자극적인 의미로 생각한다면 왠지 조
금 야릇한 생각도 든다. 그만큼 끌린다는 표현은 적극적
이면서 직접적이다. 사물이든 사람에게든 이 단어와 이
어진 모든 존재는 '매력적'이라는 뜻이니 나쁠 것이 없을
듯하다. 사람의 삶이 조금 역동적인 힘을 얻으려 한다면
이런 끌리는 것들이 많아야 한다. 정직하게 말해 어느
정도의 매력이 없이 사람 곁에서 자기 존재를 사랑받기란
불가능한 것이다. 특정한 재화로 그 모든 것을 산다는 것
도, 탁월한 그 무엇인가를 가졌다는 것의 결국은 '끌리는
그 무엇인가를' 가지기 위한 수단이다.

255

여전히 그곳에

고향 집을 닮은 교구 식구의 집. 웃풍 가득한 고향 집이 생각난다.
아버지, 어머니, 그리고 형제들이 살았던 나의 고향 집.
여전히 지금이라도 가면, 아버지의 그 흔한 목소리 들을 수 있고,
어머니 잔소리 들으며 빨래를 거두던 기억이 살아날 것 같은.
사람은 영원히 자기 집을 벗어나지 못한다.

257

선희 미용실 (대구 중구)

가장 가까이, 가장 현실적인 풍경.

우리의 삶도 여기에서의 삶을 제대로 찾지 못하면, 내일의 삶, 모든 미래의 삶도 사라지고 희미해지게 된다. 지혜는 지금을 사는 것, 여기 이곳에서의 삶을 온전히 살아가는 것이다. 오늘만이 나의 삶이고, 지금만이 온전함이다.

"지혜는 명철한 자 앞에 있거늘 미련한 자는 눈을 땅끝에 두느니라."

_잠언 17장 24절

{ 나가며 }

한 개인의 서사는 지극히 개인적이고, 그래서 가장 원색적이면서도 공감이 되지 않을 가능성을 염두하고 있다. 첫 번째 책《서재가 있는 정원》은 그저 글 쓰는 자의 마음이 '공감'을 요구하지 않는 글들이 가득한 책이었다고 할까?(친절성이 배제된 책이었다고 할까?) 그럼에도 놀라웠던 것은 저마다의 반응이 다양했다는 것이다. 누군가에는 쉽고, 또 누군가에게는 도대체 무슨 말인지 모르는.

지금, 이 두 번째 책을 정확하게 표현한다면 더 개인적인 이야기로 가득한 글들과 그림들의 향연이라 부를 수 있겠다. 하지만 첫 번째 책과 다르다면, 강요하지 않은 마음의 이야기들이 자연스럽게 쓰여진 글들로 독자를 찾아간다고 할까? 추운 날, 따뜻한 고구마라떼 정도, 아니면 봄날의 조금 선선한 공기 정도를 호흡하며 사뿐히 산책하는 기분 좋은 느낌의 글들로 모았다고 스스로는 생각한다(물론 내용 자체가 그렇게 아주 가볍다는 뜻은 아니며 이것도 지극히 주관적인 생각이다).

몇 년 동안의 그림과 글이 이렇게 귀한 사람들의 손을 거쳐, 마음을 향하고 세상에 태어날 수 있어 그저 감사한 마음 가득하다. 쓰여진 글들이 생각보다 많은데 두 번째 책은 꼭 지금의 내용으로 만들고 싶었다.

원고를 받아준 출판사에도 감사하고, 좋은 편집으로 소중한 이야기를 담아 주신 편집자님에게도 더없이 감사하다. 더불어 어려운 부탁인데, 기쁜 마음으로 추천사를 써주신 모든 분들에게 큰 감사로 고마움을 담게 된다. 무엇보다 책의 이름을 아주 귀하고 멋지게 만들어 준 양태숙 집사님께 감사를 전하며, 언제나 어떤 순간에도 늘 내 곁에 머물고 있는 사랑하는 아내와 세 명의 눈부신 영혼들에게 이 책이 작은 선물이 되면 좋을 것 같다.

얼마나, 또 어느 누군가에게 어떻게 읽힐지 모르지만, 읽는 존재로 살아가고 읽어야 할 숨결로 살아가는 사람의 삶에 이 책이 들려지기를 소원하며, 다음 책이 또 다른 선한 길과 인도로 아름답게 만들어지기를 소원해 본다.

초판 1쇄 인쇄 2025년 02월 27일
초판 1쇄 발행 2025년 03월 07일
지은이 이용백

펴낸이 김양수
책임편집 이정은
교정교열 연유나

펴낸곳 도서출판 맑은샘
출판등록 제2012-000035
주소 경기도 고양시 일산서구 중앙로 1456 서현프라자 604호
전화 031) 906-5006
팩스 031) 906-5079
홈페이지 www.booksam.kr
블로그 http://blog.naver.com/okbook1234
페이스북 facebook.com/booksam.kr
이메일 okbook1234@naver.com

ISBN 979-11-5778-693-0 (03800)

맑은샘, 휴앤스토리 브랜드와 함께하는 출판사입니다.